エンプティの時間

伊住政和遺文集

"In The Temporal Void"
Memorial Collection of Masakazu Izumi's Writings

エンプティの時間

書道

さらりと美しく書かれた書体にしばし見とれながら墨に筆をおろす。書とは不思議なもので、雪は雪、月は月、花は花の雰囲気が漂ってくる。

作陶

完成した茶碗は腰からおしりにかけてぽってりとした作品に仕上がった。なんだか自分の体形をみているようで、ふとおかしな気持ちになった。

盆 石

（盆石の）最大の特徴は、作品が残らないという
ことだ。残らないがゆえの「あはれ」と、残さ
ないいさぎよさ「あっぱれ」が、そこにはある。

謡曲

「稽古は強かれ、浄識はなかれ」、心のあかが
少しぬぐえたせいだろうか。謡と仕舞の稽古の
後には、五月の薫風のような軽やかさが残った。

素人はすぐ、玄人のふしまわしや発声をまねたがる。だが、それは永年の稽古のなかでたどり着くところ。ものまねは所詮ものまねにすぎない。

俳句

ひとつ、またひとつと言葉を削り落としていく
中で、本当の自分と寄り添ってくれる、珠玉の
ひと言と巡りあった時、そこに俳句はうまれる。

利 酒

いずれもなかなかクセモノの気配を漂わせている。居並ぶ酒の風味を言葉で表すのは簡単なことではなさそうだ。

煎 茶

芳香と甘味が口中に広がると、喩えようもない歓喜が全身を巡る。滴りの中に一境涯を見たり。私は、恐ろしい体験を実はしたのかもしれない。

坐 禅

もちろん、心身脱落などという境地には程遠い。
けれども、ひたすらに坐ることで、心の執着や
重い荷物のひとつずつが解き放たれていくようだ。

目次

第三章　句に想う　一語一会の世界

第四章　これがお勧め！

装丁・長友啓典＋K②

第一章

茶家からの贈り物

僕の身の回り

年々歳々花相似たり、歳々年々人同じからず

年のせいだろうか——というと笑われるけれど、時間のたつのがあまりにも早い。

年毎に多忙になっていることもあるのだろうが、腰をおちつけて仕事をする時間がないことが最大の悩みの種になっている。

たくさんの方々にお目にかかり、名刺を交わしながらも本当にご無沙汰ばかり、旧交を温める時間もない事はナサケナイ……。

そんな訳で、ごめんなさい！　という気持ちといささかPRにもなるが、近況報告を兼ねたものをつくってみることになった次第。

今のところ季節毎にご連絡をさせていただくことになる予定だけれど、それも可能かどうかはまだ未定。

いずれにしても、あいつも元気にしているようだ——とかこんな事をしているのか——ということを少しでもおつたえできれば——と思う。

それにつけても、折々「どうしてそんなにいそがしいのか？」とお尋ねいただくことがある。全くご質問の通り、と自分でもそんなときに少し立ちどまり考えてみる。結局「いろいろありまして――」と答えるしかないのだけれど、今回はその辺りの言い訳をしてみたい。

私の仕事は大きく分けて裏千家の仕事五〇パーセント、会社の仕事五〇パーセントといった時間配分といえる。

そしてこれも又半分は出張――といったところだろうか――。

裏千家の仕事の場合、年間行事、スケジュールがほぼ決まっているので――これを軸にしながら、会社の仕事をその間に放り込むことになる。

宗家行事、地区大会の出席、講演、献茶等が主なる内容で、海外出張も含まれる。

会社の仕事はミリエーム、茶美会文化研究所、いとこ（大谷裕巳）と共に設立をしたタイムゲートの三社に関わっているが、多忙を理由に社長業務を早くも退かせていただき、代表という立場で活動をしている。

それぞれに、文化開発商社、企画開発（コンサル）、マルチメディア関連という風に、三社の性格づけも少しずつ異なり、我ながら楽しく仕事をさせていただいている。

しかしながらいずれも新領域・新事業ばかりで当初は四苦八苦したものの、当初の計画通り、衣食住遊美礼という各ジャンルごとにおけるくさびはうちこむことができた。後は、これらの事業が社会に役立ち大いに成長してもらえるようにと願っている。

今年は一層飛躍の年になりそうだが、仕事と人材のバランスがとれていないことが第一の悩み。第二の悩みは何とか今年中に、本を一冊書き下ろしたいのだけれども、冒頭に述べた通りの圧倒的な時間不足。構想はできているのに…。でき上がったら乞うご期待を！

ともあれ、会議に電話に出張に――今年もそんな日々が続く……。

茶の湯のお正月

新年あけましておめでとうございます。

本年も相変わりませずよろしくお引立ての程を！

月並みなご挨拶で恐縮だけれども、又新しい年を迎えた。

多忙なせいでか、時間のたつことの早いこと……。子供の頃と比べるとなぜだかアッ！ という間の一年に思えてならない。

子供の頃は年末年始といえば本当に楽しみなひと時であったような気がするが、大人になると、そうはいかない。

クリスマスプレゼント、お正月にお年玉…ともち出しの多いことは言うまでもない。そして我が家の年末年始は遊んでるわけにはいかない。

二十九日は大祓、文字通りの大掃除だが、利休御祖堂にはじまり、散乱の極みの我がデスク周辺の整理整頓は並大抵ではない。

三十日がお餅つき、一族大集合の中で行われるこの行事は、古いおくどさんで蒸し上がったもち米を皆でつきあげる。うちわけはお飾り用と食用に分けられるが家の子郎党や客用の分を加えるならばむろんこれでは不足する。

三十一日は正月の飾りつけ、女性陣が買付やおせちの準備にかかる頃、家元や若宗匠は正月のはしがみに筆をはしらせる。

夜は年に一度だけ使われる溜精軒での除夜の釜、そして元旦をむかえる。

一日は五時前に家を出発、大徳寺山内に御挨拶の後、五時半に家元で大福茶の行事がはじまる。子供の頃は寒くて暗い早朝にぼうぜんと参加していた。

祝膳、初詣に続き表千家への御年賀が終わった頃、年賀の客が来庵される、そんな生活が二日、三日と続き、それが終わると初釜の行事が二十日頃まで続くことになる。

残った時間で会社の仕事、新年会…と続き地獄の一月はこれ又あっ！　と言う間に通りすぎる。

でもこんな新年、正月らしい正月を過ごせて幸せだと思う。相変わりませずの生活を大切にしながら、今年も温故知新、守破離の精神で頑張っていきたいと思う。

新しいうねりの兆し

最近、伝統文化の世界の方々から仕事を依頼される事が多くなってきた。

伊住さんならあたりまえでしょう……。と言われるとそれまでだが、従来は神社や仏閣をお借りしてのイベントは多かったけれども、そうした事ではなく、様々なプロジェクトを組みあげるタイプの仕事が多くなってきた—ということだ。

従来「待ち」の姿勢をとっていたこうした存在が「現状を憂え」て動きだしてくれたことは誠に心強い。

よく二十一世紀は文化の時代、精神の時代と言うけれども、何をもって、そういわれるのか——についてはわからないわけではなかったが、やはり、「精神」や「文化」を司る本丸が未来に向かって発信をしていく——ということがなければ、単に自己改革や意識改革という言葉を使っているだけでは変わりようがない。

世の中にはきっかけや潮流といったコトが必要なのだから。

我々はこうした方々と共にあたらしいうねり――をつくりたい――と思っている。

今の時代は世界のそれぞれの国にとっても、又日本にとっても大変むずかしい時代だと思う。

皆悩んでいる、だからこそナショナリティの問題や、アイデンティティの問題が浮上せざるを得ないのだ。

木村尚三郎先生は、セカンドルネッサンス、ふりかえれば未来という素晴らしいコンセプトを打ち出されているが、まさしく、未来戦略とは古をひもとくことにあると思う。

今は「ケイコの時代」といえるのではなかろうか？

ケイコはリクルートのケイコとマナブでも伝統文化の「おけいこ」でもない――その原典は古い中国の「書経」の中に見つけることができるのだが、いにしえの事を考えじっくり思いあたためることを言う。

だとすると、我々が忘れ気づいていないストックの何と多いことか……。今風にいうならコンテンツには不自由しまい。

茶美会グループの仕事も、空間プロデュースに、モノの開発に、イベントに、デジタルコンテンツにこうしたことを再編集しながら、世の中のお役に立てたらと思う。

新しい婚礼、新しい教育の場、日本文化塾、日本文化のからくりをひもとく本の編集、庭から環境までを考える「創園」、観世清和氏とのジョイントプロジェクト「幽現舎」等仕事は山積みになり極めて多忙な日々を過ごしているが、何故か心はさわやかである。それはきっと自分の仕事がこれからの日本再生に一役かっていけるから――と思っているからかもしれない。

益々、自分自身を叱咤激励しながら良い仕事をしていきたいと――思っている。

恭賀発財《コンホエア・ファーツァイ》!

耳慣れない言葉だが、香港で取り交わされている新年の挨拶である。

日本では謹賀新年とか賀正という文字が並ぶけれども、そうした挨拶に比べ、何やら湧き出るパワーを感じるではないか。

内容はご想像の通りで、今年も元気で儲けよう! といったところか! 人が二人よれば儲け話に花が咲くようなところだから、ただめでたい――だけではどうも物足りないようだ。

香港に限らず、しっかり儲けなければいけない国や企業は多い。

けれども現状取り巻く経済環境や、消費動向をみていると、恭賀発財のスローガンは空回りしそうな気配がある。

金融ビッグバンの余波がこの低迷にどんな一撃を加えるのか？　又、今のところ成長分野を引っぱる通信情報産業といえども、ソフト面やインフラ面の遅れが、目立っている。

安定している——とは言い難い政治や行政の混乱が加わると少しも枕を高くして眠れそうな気がしない。

時代は確実に、守成の時代に突入した、と言えるのではないだろうか？

迷走の時代の処世は、原理原則に立ち戻るべきだと思うし、何より得手の分野以外への背伸びは命取りになる怖れがある。

だから今一度、社の理念や哲学に立ち戻り、自らの足元を見つめ直してみたいと思う。思えばこれまであたらしいものをつくること、あたらしいものを売ることばかりに我々は専念してきたのではなかったろうか？

これからはつくる、売ることの他にメンテナンス—ということに今一度注目する必要があるような気がする。

メンテナンスは維持するとか継続するという言葉で一見地味な印象を与えるけれど

も、それは大量に売り、大量に捨てる、という考え方にかわるのかもしれない。

積み上げ続けることよりも、少しずつ目標値を下げる中で、どう利益を出すのか——そんな事に知恵を働かせなければならない。

だれしもが貧乏クジはひきたくないが、企業の最大の目的はゴーイングコンサーン（永続性）であることを忘れてはならない。

タネをまく人、水をやる人、花を咲かせる人—が一人の人間であることは稀なのだから……。

それにしても、正月早々景気のいい話を書けず……ゴメンナサイ！

見えない学校

「見えない学校」は独自の教育を実践されている平井雷太氏と、そのネットワークからうまれたあたらしい「まなび」の場だ。

平井氏は雷太の名にはじない、一見大胆、実は繊細、創造と破壊を自分の中で繰り返しているユニークな存在である。

平井氏のすべてをここで語る程紙面に余裕がない為、細部は、氏の著作『「～しなさい」と言わない教育』（日本評論社）を読まれることをおススメしたいが、ぼくが興味をもつのは、氏の哲学、セルフラーニングという言葉である。

詰め込み、偏差値中心の現代の教育が、平等化、均質化をすすめる上で役に立ったことは事実にしても、そのシステムが生み出す歪み、諸問題が、現代人の上に重くのしかかっているのも又事実なのだと思う。

最近、ＥＱ（心の指数、感情指数）といわれる反ＩＱ的な領域が登場し、にわかにスポットライトをあびていることも、定量化や答えを出しつづけたことへの反省と思えばむしろ当然のゆりもどしなのだ。

近代化は確かに多くのものを我々にあたえてくれはしたが、その反面多くのものを又うばっていった。

ナショナリズム的な感覚ではなく、事実多くの日本人は、日本文化の美徳、美点を継承できないでいる。

その事が先行の不透明さに拍車をかけてはいないだろうか？

国家の民族のアイデンティティを話題にする時、いささかの遠慮を感じるこの国にあっては、もはやそこを軸に再生を図ることは困難といえるのかもしれない。

だとすると一人一人が自分自身をみつめ直す為の問いかけの場、他人を通じて自分を知る場が大切になってくる。

自己発見、自己学習が現代のキーワードであるから「見えない学校」は単に「見える学校」今のシステムへのカウンターカルチャーではないし単に教育の為の場でもなさそうだ。

文化・非合理・感性・右脳と、文明・合理・理性・左脳がバランスをとるためにも、あたらしい「まなび」の場が、どう広がっていくのか、注目をしたい。

鹿ヶ谷さびえ

仕事柄移動が多い。

それゆえ、京都駅には、週のうち最低二度お目にかかることになっている。

京都駅に限らず駅周辺で目につくのは旅情をかきたてる多くのポスター達、中でも京都もんの出色は「そうだ、京都行こう」のキャンペーンではないか——と思われる。

まず写真が美しい……現代詩ぽいコピーライトもすぐれていて気持ちをソソル。

気まぐれな消費者の選択肢は多くあって「アソコも行キタイ、ココも行キタイ」と思うものだが……「ケレドモ……ヤッパリ京都ネ」と決断を促すに充分な存在感を漂わせている。

実際、京都に住んでいても、そんな気持ちにならないわけではないから、ご立派といえる。

ただし……立派すぎるが故の懸念がないわけではない。

今頃インフラの整備にやっきになっている中で、街並みの変化や景観の変化を心配する声も多く、多くの人達がイメージしている京都らしさは少しずつサービスといったくらしかた、ソフト面での変化も余儀なくされているのも確かだ。

広告や雑誌で紹介されている多くの京都が風景であれば、ある季節のある時間に存在はしているし、店であれみやげモノであれあるわけだが、本当にそれを期待して訪れた人達に、満足を与えているのだろうか——という点について考えてみると、少し不安がよぎる。

たとえば、お茶、お花にしても、気軽に気楽に、らしい雰囲気の中でそれを体験したい——と思って捜してみても、実際のところ、ありそうでない——というのが現状だ。

京都らしい、もてなし、ふるまい、しつらえをととのえる—というのはだから、意外に大変なことで、京都に暮らす我々のまわりですら、静かに少しずつそうした風物は消えていっている。

ここで一念発起をして、……というわけで、この四月から哲学の道、鹿ヶ谷にそうしたらしさを提供できる空間をプロデュースすることになった。

いそがしい現代人の心をいやす場になれば―という願いをこめてはいるが本音のところは、虚像になりかけている京都に、反抗したかっただけかもしれない……。乞うご期待を！

不惑の所感

かれこれ十五年近く、青少年を中心とするボランティア活動にかかわっている。

そもそもは、茶道を愛好する青年で構成される裏千家淡交会青年部の代表として参加したことからはじまるのだが、当初は、ボランティアという響きそのものにいささか抵抗があった。

というのも今頃でこそ、ボランティアというと社会的に認められてきたけれども、なんとなくマイナーで暗そうだ――という勝手な印象をもっていたからだ。

活動に参加しながら、この誤解は少しずつ解けていき、今では、年齢を越えた、多くの友人に恵まれたことを心から感謝している。

ただし、今だにボランティアという言い方は好きではなく、ボランタリーな活動（自主的・自発的活動）という方が好きだ。

こうした社会参加には当初の自分のように、今だ誤解と抵抗をもっている人も多いと思うが、地域のため、社会のため、と考えるから偽善ぽくなるわけで、もうひとつの自分をみつけるための活動――と思えば気は楽になる。

そう考えられるようになったのも、年齢のせい――かもしれない。

最近四十歳を迎え、少し肩の力が抜けてきたような気がする。

そんな時、とても気持ちのいい話を伺った。先年亡くなったマザーテレサの元に一人の日本人女性が訪れ、いっしょに働きたい――と申し入れたということだ。

その時、マザーテレサは「あなたは幸せですか？」と問いかけ、「あなたのまわりの人は幸せですか？」と続けた――という。

その言葉で彼女は日本に帰り、日本でボランティア活動を続けている。

ボランティアであれ仕事であれ、素晴らしい意義もさることながら、あなた自身の幸せの為にそれをすることが最大の幸せではないだろうか？

きっとその幸福は、多くの人の幸せになり、ひいては公の幸福の種となることだろう。

いささか言葉あそびにすぎるかもしれないが、それが一人の幸福から多くの公福をつくるような気がしてならない。

背伸びをして、頑張ることを続けてきて、頑張るは我を張ることなのかもしれない——とさえ思えてきた。

今なら、めったにしないけれどリキんできたゴルフも少し、うまくなれそうな気がする。

えんがわ

以前にご紹介をした通り、縁あって鹿ヶ谷哲学の道に「鹿ヶ谷さびえ」をオープンした。

好季節の日曜日などは京都を散策する客人の流れも絶えず、誠に雑踏と化している。それでも、平日などは実に閑静な佇まいをみせている。

我が店のことを賞賛することは我が田に水を引く如く——になり恐縮だが、忙中閑あり——で快晴の日にここの縁側で、やわらかくあたたかい陽につつまれて庭をながめていると、本当に心が安らぐ。

店に行く機会は多くはないけれども、縁側は楽しみのひとつ——といえる。

今時の住宅事情や住環境では庭や縁側など無用の存在かもしれないが、この不思議な領域について少し考えてみたい。

縁側とは内のものだろうか？　外のものだろうか？　と問いかけると、それはどちらでもあるというのが正解のようだ。

内にあっては外側の存在、外にあっては内側の存在ともいえよう。

住環境における縁側のような存在はしかし今の時代にこそ一番大切のように思える。あたらしい知のパラダイムも西か東か、右か左かの対立対比軸だけでは語りつくすことができなくなってきているからだ。

際という言葉があるが、国と国をつなぐことを国際といい、業務と業務をつなぐことを業際という、学問と学問をつなぐことも学際というように関係をとりもつ発想が時代の底流にあるような気がする。

してみれば、今、時代潮流の環境という言葉や共生ということばも、案外、縁側の様な考え方から生まれてきたのかもしれない。

そんなわけで、茶美会の仕事も縁側だな——というのが、陽だまりの中でぼんやりと考えた結論のようなものである。

……が、あるいは白日夢かもしれない。

イッカンドー先生の占い

昔からいわゆる占い事は好きな方だった。

だから、気学、姓名判断、占星術、手相、風水と、ひと通りの知識はもっているつもりだ。

とりわけ最近の風水ブームには驚かされる。いつの時代もそうだが、世相が暗くなり迷える子羊が多くなると、それに便乗した商売上手が出てくることはあまり好ましくない。

かつて気学を指導してくれた師からこんな話を聞いたことがある。

「君ね、占いというのは当たるも八卦、当たらぬも八卦というだろう？　本当はその前文があるんだ、占う人により、当たるも八卦、当たらぬも八卦というんだ……」。

どんなすぐれた理論でも扱う人により変わり、又、受け取る人によっても変わるということだろう。

けだし名言とはいえまいか……。

いずれにしても、おのれが心はたえず不安定で欲望から発する喜怒哀楽によって、たえずふりまわされているのが人の世の常だ。

だから不動の心――迷わざる心――を手に入れることは至難の技といえなくもない。心は常に癒しや救いを求めているのだから、ひと時のやすらぎを、宗教やてっとり早い占いに求めることは悪いことではない。

要は……フに落ちる、納得した使い方ができれば、それは又別の意味での動かざる心への入り口とも言えよう。

この手の話で友人のIから愉快な話を聞いた。

Iは日本でも数少ないファンドマネージャーで、世界的なプレーヤーだ。

実は相場の世界は究極の心理ゲームといえるから、占い師も度々登場をする。銀座で有名なイッカンドー先生もその一人だ。

相場や仕事に悩む多くの人に、イッカンドー先生は必ず黙って顔相と手相をみたあと、たった一言「おやりなせぇ」と言うそうだ。

このひと言で、多くの人達が相場に仕事に開眼したそうだが、あるいは、この仙人のような辻占いをインチキだ――と決めつけることもできよう――けれども、「おやりなせぇ」のひと言は究極のプラス発想とは考えられまいか？

無論すべての人がこのひと言で、実践したとも開眼したとも思えない、悩める人のほとんどは考えに考えたうえでのマイナス発想の人であり、マイナス発想をしている時でもあるからだ。

イッカンドー先生は、だとすると辻占いではなく心理学者であったかもしれない。今の日本の現状を見るにつけ、イッカンドー先生のひと言こそ、必要な気がする。ものは考えようということで今年も良い年に！

無心に茶を点てそして飲むこと

金曜日の夜『D』というレストランは混みあっていた。ご多分にもれず料理に舌鼓をうち、会話を楽しんでいたぼくの耳に、ふと隣の席にいたカップルの話題が飛び込んで来た。

「あのお湯を釜の戻すときの……ぽこぽこぽこ……という音が気持ちいいのよね」

「そうそう……俺は灰が好きだな……きれいにつくってある」

「お茶を点てるときも集中していいわ……」

何やら聞き慣れた用語を並べ立てているではないか！　とたんに我が耳はダンボ状態となっていた……。

茶道の家元の家に生まれ、それを業にしているものにとって、実はこの時の会話は実に新鮮な響きをもっている。

　そして一見らしくない二人がらしくない場所で茶道を話題にしてくれたこともまた意外でありうれしかった。

　おそらく、先程の二人は茶道を学びはじめたばかりであった。その為目にするもの耳にすることのすべてが新しい感動となっていたに違いない。

　正直に言って、これまで茶道の素晴らしさや楽しさをいろいろの形で語って来たが、気持ちイイ――のひと言には脱帽としか言いようがなかった。

　そう……お茶は気持ちのよいものなんだ……。自分自身がすっかり忘れていた表現であった。

　ストレスの多いこの世の中にあって気持ち良くなる瞬間を持つこと―集中する瞬間をもつことは大切だ。どちらにも共通していることはおそらくココロを空っぽにする――という事ではないだろうか？

　むずかしく考えずにたとえば茶筅をふり、茶を点て飲むこと、それだけを無心にやってみるひとときは案外いいものかもしれない。

　茶を大成した千利休の言葉の中にも「茶の湯とはただ湯をわかし茶を点て飲むばか

りなる事と知るべし」――とあるのだから。

漢字を学び、文化を識る

漢字検定が根強い人気を保っている。

年間受験者数も百五十万人を優に超えると聞く。

人気の秘密は文部省認定という資格の裏付にあるのだろうが……どうもそれだけではなさそうだ。

まず何より資格好きという国民性がある。その上近年は、文や字を書く――という習慣を手放してしまった。

その為、ある日自分の中に国語の素養がすっぽりと失われていることに気づくのである。

知的な楽しみも含めこうした失われたことへのあせりが漢検の需要を拡大し続けているのであろう。

自国の文化を識る最も大切な基本は、実のところ――国語教育にある。

けれども自国の文化をあまり大切に思わない――という教育のツケはそろそろ限界に達している。

言葉が乱れている——という社会現象はそうしたことの現れであろう。

漢字は、ただの記号ではなく歴史や風土が培ってきた人の意を多く含んでいる。

たとえば観月の季節にこと寄せて言うならば、月という表現も実に多様だ。

月の出、月明り、月の道、遅月、弓張月、待宵、名月、望月、十五夜、良夜、無月、十六夜……と例をあげればきりがない。

そのひとつひとつを取りあげてみても奥深く、又文脈によって自然対象を愛でる心も様々である。

漢字を学び、表現を学ぶことは、忘れがちであった智恵や暮らしを今一度手許に引き寄せるきっかけになるに違いない。

もとより、日本人には自然環境を支配する——という発想はない。

こと更に環境に優しい——という文明論を大上段に掲げなくともこれまで大切にしてきたことを積極的に思い出せば良いのだ。

だから漢字への静かなブームと和の静かなブームを見るにつけ、これらが環境の世紀への大切なプロローグになるような気がして——ならない。

小さな庭の大きな世界

実は数年前から、庭に関するプロジェクトをひそかに進行させている。庭といっても流行のイングリッシュガーデンではなく、和の庭が専門なのである。大切にしているのは現代における和あるいは都会的なテイストを持つ和ということである。

もちろん庭に関する仕事だから造園工事もするが、基本的には一坪、二坪といった小さな空間の庭づくりを得手としている。

小さな庭といえば京都の町家の中にある坪庭をイメージしてもらえれば良い。「創園」と呼ぶこうした小さな庭づくりの基本は家の内外どちらであっても簡単に庭づくりが楽しめるというものだ。

イメージとしては、子供の頃遊んだレゴのように、ベース材やベース材に植栽されたグリーンを組み合わせ、庭づくりをするのである。

自ら配置を考え取り合わせを自在に楽しむことから、この庭版レゴのことを置庭と呼んでいる。

置庭にとって欠かすべからざる大切なポイントに、苔と炭という存在がある。

茶の湯の世界ではまさに必要不可欠なこれらの存在は、思いの外現代的なテイストを持っている。

だからベース材のみならず、組み立ててゆく庭の中に、こうした炭や苔をとり入れていくと、実にセンスの良いシンプルな庭づくりが楽しめる。

この二年程東京では炭と苔を組み合わせた「創園」のちいさな商材が思いの外ブレイクしたが、確かに何故かしらメッセージ力がありまた、心やすらぐものがある。

我々はこのちいさな炭と苔を組み合わせたものを「苔茶美」と呼び、それを手のひらに乗る庭と呼んでいる。

大げさな庭いじりは限られた人しか楽しめないが、こんな小さな庭いじりであれば手近に楽しむことができる。

そしてちいさな世界に心を開放するとき、人はひと時、桃源郷に遊ぶ心境を手に入れているのかもしれない。

走る、「無」になる

冬場を迎えると本番となるスポーツも多い。ラグビー等はその典型のようなものだろう。

数年前まではとんと興味のなかったこの競技も長男が始めてからは、なんとなく気になる存在となった。

けれども僕個人の興味から言えば冬のスポーツは、マラソンということになる。マラソンに興味をもったのは東京オリンピックでアベベを見て以来のことだからもう随分昔のことである。

マラソンという競技も然ることながら、能面のように一見無表情で長距離の孤独と戦うこのランナーに興味を覚えたのは事実だ。後年エチオピアという国といささかの関係が生まれるのも、また陸上部に所属するようになったのも結局この一人のランナーのせいでもあるのかもしれない。

勿論マラソンは大好きな競技のひとつだから冬場のマラソン中継は見逃せない。けれど二時間に亘るあの熱戦をしかしよく飽きもせずながめているものだといつも感心しながら……。

ところが実際のところ、マラソン競技をやっていたのか？　と尋ねられるとやってはいなかったのである。

それでも何の拍子か数年前から誘われるままジョギングを始め、ようやくハーフマラソン出場ぐらいの体力はつけてきた。

今は……ドクターストップがかかったため、病がいえるまでおあずけをくらっている。

最初は本当に一〇分も走ればアゴをあげていたものだが、走る距離も伸びタイムも短縮してくると……これは中々離れ難い。

人によって答は違うだろうが、時々走る時何を考えているのか？　と問われることがある。

ぼくの答は「無」というべきかもしれない……。

そしてその「無」の感覚こそ何もかも忘れ去ることのできる最高の気分転換になるのだ。

さて、そろそろストレスがたまってきた……ドクターストップの禁を早く解いてもらい……エンプティの時間へ……飛び出したいものだ。

読書は、異次元への誘い

既に旧聞に属するが、ハリーポッターが猛烈な勢いで人気を保っている。

映画はもちろんのこと出版不況といわれている近年にあって初版から数百万部という売れゆきをみせるのだからこれは尋常なことではない。

ぼくは読書が好きでそれも乱読型だがへそまがりなせいか、ベストセラーといわれると食指が動かなくなる。ブームが去った頃にこっそり本をひもといてみる――なんていうことはあっても……。

このベストセラーの発売直後、たしかに大事そうにこの本を抱え読んでいる人の姿も良く見かけたし。

あるいは、あまりにおもしろすぎて一遍に読むのがもったいないから、少しずつ決めて読み進むのだという話まで耳にした。

どう読まれようとまあ、それは本人の自由としても読書をするということは悪いことではない。

願わくはベストセラーばかりを追いかけるのではなく、本屋の中から自分の好みにあう一冊あるいはもう一冊と発見する喜びも感じてほしい。

これはなかなかめんどくさいことのように思えるけれども実は楽しいことだ。そしてそのことは何事にもかえがたい。

まして探しだした本の一冊あるいはもっと極端に言えば好みの一行一文と出合った時の喜びというのはまた、格別なのである。

そうやって何冊かの本を選び、同時にナナメ読みをするのだから、別の意味における――ながら族のようなものであろう。

活字離れが言われて久しいが、ハリーポッター現象を見ていると皆がみな、活字嫌いになった――という訳ではなさそうだ。

大切なのはきっかけなのである。きっかけがあれば手っ取り早く異次元へ誘ってくれる読書は、時代が変わっても魅力のある媒体であり続けるに違いない。

庭に学ぶ

教育の見直しが声高に語られている。

とりわけ家庭における躾や道徳といった教育のありかたを見つめ直そうとする気運がある。

けれども実際〝教育の現場〟たる家庭のありかたについては現在の大人が相当な覚悟をきめないことにはその効果は薄いと言わざるを得ない。

かつては――それぞれの家々に家訓なるものがあり、それは厳然たる存在感をもって我々にある種のタガをはめていた。

そして、そうした教えは、庭訓とも呼ばれていた。

そもそもこの庭訓なるものは論語の中にあり、子供の鯉（伯魚）が、庭を過ぎった時、「詩を学んだか？」「礼を学んだか？」と孔子が問いかけた故事に由来するものである。我が子を特別に教えない——という建前を守りながら、片言隻句でさりげなく訓を垂れた師弟、あるいは親子関係は今に学ぶべきところが多い。

とはいえ……今頃、わざわざ庭に出て訓を垂れる親もいなければ、師もいない。ウサギ小屋と揶揄される住環境下においては、訓を垂れる庭もない。

昔は、人様のお屋敷をみる時、それこそ、庭七分、家三分だから庭をほめるべき——といわれたものだが——今や、庭に一分の利もない。

我々は一体いつ頃から庭というものに興味を失ってしまったのだろうか？

家と庭という字で成り立っている家庭という言葉が今バランスをくずしその存在が問われているとすれば、それも故なきことではない。

戦後の豊かさは、確かに我々に多くのものを与えて来てくれたけれども、そのかわり切り捨て、失ってきたものも多い。

庭はもとより縁側、和室の畳の消失にともない、季節の行事や室礼といったコミュニケーションのツールや装置まで姿を消しかけている。

家の中はモノであふれかえっている——というのに。

だから、小津安二郎の映画に出てくるような、ちゃぶ台をかこみ、つつましいけれども暖かい会話のある生活空間を我々がとりもどすことはない。

小津安二郎が思い出したようにブームになる背景は、失ってきたものへの郷愁と央ば現実生活への反省に裏付けられているように思える。

家庭という言葉や存在を考える時、今ひとつのエピソードを思い出す。

時折遊びに来る兄の親友がいた。残念なことに彼の母親は早くに亡くなっていた。普段は明るく屈託のない彼の表情が、時にさびしく暗くなる時があり、そんな時こうつぶやいていたという。

「君の家はいいね——ホームだ……ぼくの家はハウスだよ……」

彼のおかれた境涯のすべてを知り得るわけではなかったが——言わんとするところは、受けとめることができる。

我々は今、自分の為に子供達の為に——どんな家と庭のバランスをとりもどすことができるのだろうか？　それについては昨今のガーデニングブームにそのきっかけをつかめそうな気がする。

というのも、当然のことながらガーデニングの対象は植物である。植物とふれあうことによって我々は忘れていた季節や小さな生命に手間ひまをかけることを思い出す。そしてそれが大きな空間を彩るものであっても小さな空間であっても、庭を育てることこそ、最も身近な我々が取組める、環境問題ではないだろうか？

そして、そうした小さな生命の循環に心を配ることがもっとも大きな問題に心を配ることにもなることを識ることとだろう。

まして、親と子がその場を共有することになれば庭はなおさら、あたらしい〝まなび〟の場に変わることになる。

庭は小さきものたちを通じてこわれかけた関係をつなぎとめてくれる存在であるかもしれない。

すれば……これはあたらしい庭の訓といえるではないか。

文化を遠慮する時

私的な話で恐縮だが、最近俳句を始めた。ペンと手帖とヤル気さえあればどこでもできる、このささやかな営みは多忙な日々の中で確かに潤いを与えてくれている。

始めて良かった、と思える事は、以前にも増して目や耳といった五感をとりまく様々な現象に対して敏感になれた、ということであろうか……。美しい花、鳥の囀り、あるいは風の動き、月の満ち欠けに出会うとき感情の高ぶりを隠せない。

そうした美しいモノやコトに心動かされる瞬間を写真家であればシャッターを切るのであろうが、俳人はそれを心に刻み言葉に託し留めるのである。

けれども思いを言葉に託するのはそうたやすいことではない。

そのうえ俳句は十七文字という限られた世界に尽くせぬ思いを凝縮しなければならない。

思いをそぎ落とす中で運よくあらわれてくるひとかけらの言葉は断片にすぎない。けれどもそのひとかけらはそれ故に、雄弁に語りかけるのだ。

言葉に命をかける、といえば大げさに聞こえるかもしれないが、一字一句が自らの命の雫のようであるといえよう。

こうした手続きの中でなにより嬉しいことは美しい日本語や日本的な表現を発見することである。それらは他の文化と同じように風土と歴史の中で洗練されてきた固有のものだけに中々手渡しづらい面も否めない。

文明的価値が国や民族の垣根を越え急速に拡がっていく中で、こうした文化的価値をどう継承し調和させていくのかは常に大きな課題であるといえよう。

さて、この時代にあってアイデンティティの喪失、あるいは自覚についての話題が尽きることがない。

アイデンティティの自覚は不易の文化への自覚にもとづくものだから、とりわけ文字や言葉といった表現のこだわりは大切だ。

その視点に立って世の中をながめてみるとき、少しおもしろい現象がおこっていることに気が付く。

たとえば冒頭に述べた俳句で言うならば、様々な俳句賞への応募者の数の多さに驚かされる。

そして急激な伸びを見せている漢字検定への受験者の数、あるいは大野晋氏の『日本語練習帳』の超ベストセラー化、又漢字博士ともいえる白川静氏の業績等を見るとき、それらへの支持はすべてアイデンティティへのゆらぎ、あるいは渇望と読み換えられるような気がするのだ。

知らずうちに大衆は不易と流行のバランスをとろうとしているのかもしれない。

よく国家百年の計は人を育てることにある、と言われるが、それは文化アイデンティティをしっかりと自覚し身につけた人を育てることでもあろう。

そうしてみるとき経済的ヴィジョンについてはいま様々な策がうたれているものの、肝心の文化についての策が心もとない。

ヴィジョンなき民は滅ぶ、という西洋の格言にもとづくならば、経済だけがヴィジョンではあるまい。

これまで述べてきた言葉や文字あるいは伝統文化に対する積極的なヴィジョンも又重要なのである。

その発信はやはり文化的土壌の強い関西が荷うべきものであろう。

漢字本来の表現を借りるならば、まさしく文化を遠慮する時は来ているのだ。

季節を感じよう

道真公の魔力が今も生きている

六月二十五日、この日が梅をとりわけ好まれた菅原道真公の誕生日であることは、あまり知られていない。

そしてこの日がぼくの誕生日でもある。

ここで、梅を取り上げることにした訳も道真公を通じてのご縁を感じているからだ。同じ二十五日でも二月二十五日は、道真公の祥月命日ということで一般に知られている。

加うるに、梅の開花期と受験シーズンが重なり、京都の北野天満宮では、毎年交々の想いで彩られた華やかな「梅花祭」が開催される。

ご多分にもれず、ぼくも受験だ、入学だ、卒業だ、と学生生活の節目には天神様に足繁く通ったものだ。

ご利益をさずかったかどうかは別にして、だから今でも天神様の境内には、兄とぼくが入学御礼にと、植樹をさせてもらった紅梅と白梅が仲良く揃っている。

ところで、茶の世界においては、梅――といえば利休居士のエピソードがあまりにも有名だ。秀吉の無理難題にもかかわらず、水盤に梅をしごいて浮かべてみせた――という話や、梅を生けたその後に、散り落ちた風情をそのまま楽しんだ――という話は、それらをして、利休居士の機転と美意識の表れとみなすことができる。

利休居士は、花は野にある様に――という言葉を残しているが、まさしく、刹那刹那の中における、自然体のあり方を述べているわけだが、二つの話は、この言葉の本質を良く表している。

こんなにも美しいエピソードをもちながら、昨今の梅の立場を考えてみるとあまりにも淋しい現実がある。

なぜなら、冬の茶席においては椿に主役を奪われ、一般の花見においては桜にその座をとってかわられているからだ。

今一度、万葉の時代の様に主役の座を――とは、やさしく控えめな梅は思ってもいないはずだ。

けれども極寒の最中、春にさきがけて懸命に小さな蕾をふくらませているこの花に、いじらしさを抱くのはぼくだけではあるまい。

いつの日か、いさぎよく白梅一枝のみを主役に生けて、ほのかなその香と一服のお茶をただ一人で楽しんでみたいものだ。

標有梅ではないけれど、風香にさそわれて梅の籠をもっただれかがあらわれるかもしれないから……。

ふと、そんな誘惑にかられるのは少しばかりの判官びいきと梅に魅せられた道真公の魔力が今なお生きているから――かもしれない。

水は全ての命の源

きわめて個人的な話で恐縮だが、水の神様とは御縁が深そうな気がする。

というのも気学という占術でみると、ぼくの星は本命六白金星、月命一白水星となっている。

月命にある水の星がうれしい。その上、本命と月命の関係が金生水（きんしょうすい）となっており相性が良い。

これは自然の摂理そのもので、言うなれば山の岩場から清水が湧き出し流れていく様を言っているのだ。

付け加えるに西洋占星術でいえば、ぼくの星は「かに座」で、これ又水のサインとなっている。

それ故、水の神様を祭る貴船にはぼくの原風景的なつかしさを感じている。

けれどもこうして〝水〟に縁があるのは決してぼくだけではない。

それが証拠に漢和辞典に一度じっくり目を通していただきたい。

調べてみるとわかることだが氵（さんずい）の漢字の多さには驚かされる。

このことをしてすべての人間がいかに水と縁の深いくらしをしているかを気がつかれることだろう。

やはり水はすべての命の源なのである。

日本の夏は何処へ

初夏の風情が近づくと茶席によく掛かる一行物がある。

薫風自南来　殿閣微涼生

字ヅラを見るからに爽やかな気持が伝わってくるが、ほんとうのところは随分と残酷な詩で、この五言の前には実はこんな一節があることを皆さん御存知無い。

人は皆炎暑に苦しんでいるが、私は夏の日の長いことを楽しんでいる、と。

今のようにスイッチひとつでエアコンなんていう時代ではないから、皇帝のお喜びも格別のものであったろう。

現代は文明の利器のおかげで、庶民といえども、皇帝さまのような快適さを得ることができたのだから、誠に感謝の心をもたなくてはならない。

さて今年の夏が例年にくらべてどうであるかは予報士ではないぼくには定かではない

けれども、昔から夏という季節はひと言でとらえにくいとみえて、日本の心をあらわす時、どうにも夏だけが忘れさられている。

「雪月花」という言葉を思い出せばよくわかる。冬は雪、秋は月、春は花と対語になっているのに夏だけがポッカリ抜けているではないか！　春秋という言い方もあるが、これにも参加できない。

夏とは、かくも日本の心情からかけはなれたものであろうか？　いや思い出してみよう、夏の風情はたくさんあるではないか！　風鈴、うちわ、すだれ、蚊取線香、金魚鉢、すいか、氷、海水浴、入道雲、せみ、地蔵盆、大文字、祇園祭、ｅｔｃ、ｅｔｃ思い出すのに難しくない。

もっともこれらの情景が現実からはなれ、もはや記憶のかたすみに追いやられていることも又、事実だろう。

考えてみれば象徴的に一つにしぼりこめない程、夏はそれほど情緒があった——というこことかもしれない。

今年の夏は、縁側に風鈴をつるして、枝豆で一杯、ぶたの蚊取線香からけむりがゆらゆらとたちのぼる……少し前の日常風景は、もうコマーシャルの中にしかなくなってしまった。
ぼくたちは、どこへいこうとしているのだろうか……。

華やかでそして儚くて

木槿について書こうと思い、ふと手元にある句集を開いてみた。文脈の色どりにちょっと俳句を拝借しようと思ったからである。

ところが、驚いたことに木槿を扱った作品が極めて少ないことに気がついた。もちろん、木槿は夏の季語にも選ばれているわけだから、ないわけではない。けれどもぴたりと心に寄り添ってくれる一句がないのだ。

というわけで、どうにも腑に落ちないままこの筆を走らせている次第。

言うまでもなく、茶の世界において木槿は夏・風炉の時期に欠かすことのできない花だ。

欠かすことができないというより夏の花の王座は木槿のものであるといっても良い。夏から秋にかけて一番花の少ない頃にあっても、初花、盛花、残花、と何度も咲き継ぎ、木槿さえあれば何とかなる――と思えるほど有難い。

又、風情も良く、夏は涼しく冬は暖かにという利休七則の言葉をこの花そのものが表しているといえよう。

千家三代の宗旦が好んだ――と言われる底紅は茶人に最も好まれるところだが、白木槿も紅木槿も、たっぷりと露をうたれたその姿は、まさに涼一味、清々しさが眼と心に染み入る。

一輪生けては楚々として美しく、又他の夏草と取り合わせてみると華やかさがきわだつという不思議な花。その姿は北辰のここにあって衆星これに従うが如くである。

又、花の性質が朝開いて夕方にしぼむことから、「槿花一日の栄」とたたえられ、華やかさ――と儚さをあわせもつことも、木槿の魅力ではないだろうか。

けれども、夏の太陽がギラギラとアスファルトをこがし、セミがギンギンと声をさかりにふりしぼっている頃、何くわぬ顔で、真っ青な空に群れなし突き出ている木槿は、それ故にこそあるいは歌人の心に訴えるものが少なかったのだろう。

その一輪を松風の静かにたつ、ほの暗い茶室に取り入れれば、たちまち品よろしく佇まいを変えてくるのだけれども……。

群れなすとにぎやかで、一人になるとおとなしく、シャイな姿にもどる――案外日本人の性質に良く似た花であるのかもしれない――。

祭に酔いしれ、そして酒に酔い

むくむくと力こぶのようなたくましい入道雲が宙に君臨している。海開き・山開きのニュースが耳に届くと夏本番の趣は町中のそこかしこに漂ってくる。

四萬六千日の暑さとはなりにけり

久保田万太郎のように下町生まれではないけれど、朝顔市や鬼灯市の賑いに心が落ち着かない。そして並びはじめた縁日の風景に何故だか懐かしい思いを抱くのである。

七月といえば――京の町は祇園祭一色となり、鉾町の老若男女は何かと忙しくなる。けれども祇園祭に限らず京都の祭は参加することがむずかしい。

このような祭の有様を、「ながめているだけの祭ばかりだ」と嘆いた御人がいたが、あたらずとも遠からじ――の感は強い。

祭は、本来参加することに楽しさがある。そして祭の中に身をおくことでわずらわしい日常を忘れ一種のトランス状態に入るのである。

歌舞伎の演目のひとつに「夏祭浪花鑑」というのがある。この芝居の最大のみどころは祭の中での殺人事件といえよう。

みこしを担ぎ囃し立てる雑踏の影で、人知れず繰り広げられる悲劇の場面はあやしくも美しい。

うだるような熱さと血のたぎり――たしかに祭は人を狂わせる。

そしてそんな祭のひとときこそ究極のエンプティの時間といえるのかもしれない。

けれども……血のたぎりばかりでは身体がもたない。祭の後はひとつ端居に出て夕涼みとしゃれこみたい。

蚊取線香にうちわ、風鈴のような小道具は忘れてはいけない。そしてたまには浴衣に着替えて、涼しげな雰囲気を楽しむのもちょっとした非日常ではないだろうか?

さて、祭気分も少し落ちついてきた……そろそろ冷酒も頃合のようだ。

俳句を詠み、季節を感じる

暑い暑いと言うだけで暑くなり、暑いと書くだけでも暑くるしい。

けれども暦のうえでは早くも秋なのである。

年によって違いはあるものの、おおむね八月八日頃には立秋を迎える。「秋ダッテ!冗談ジャナイ!」と言いたくもなるが、それでも中旬頃の朝夕にはそれらしさを感じる時がある。

秋立つや川瀬にまじる風の音　　飯田蛇笏

俳句をはじめてから――というもの――特に季節のうつろいにはことの他敏感になって来た。

サトウハチローの詩ではないけれど、実はそこかしこに〝小さい秋〟が忍び寄っている。そうした気配に耳を澄まし心を託すことが俳句といえよう。

俳句の世界には美しい日本語が凝縮されていて、とりわけ「季語」といわれる言葉の選択は絶妙なものがある。

俳句なんか関係ないや――などと言わず一度季語辞典なるものを手にとってもらいたい。

そこには一月から十二月までに分類された懐かしくも美しい日本があるからだ。

近頃は日本的なるものへの興味をお持ちの方も多くなり、そうした類の本も多くなってきたようだ。

近年ベストセラーになった『声に出して読みたい日本語』（斎藤孝編、草思社）などはその代表であろう。

さて、俳句の季語についてだが、これらが制定された事情は別にして、言葉のもつ意味や季節感が少し時代と共にズレだしているのが気になる。

そろそろ古いものを残しながらも現代にふさわしい編成も必要であるのかもしれない。

とは言うものの、五感が鈍ってきている現代人にとって俳句はそれを目覚めさせるのに有効だ。

なにしろペンと紙さえあれば、いつでもどこでも作ることができる。

散歩がてらにふらりと街を歩き、五七五のリズムに身をゆだねてみると、見慣れた風景の中にもきっと新しい発見がうまれてくることだろう。

和菓子のなかの小さな秋

十月の声を聞くと茶人は一入の思いを込めて名残りの茶会の準備を始める。

茶の世界では五月から十月までの半年間を風炉、そして十一月から四月までを炉と呼んでいる。

とりわけ十月は風炉の最終月。前年より使ってきた茶壺の茶も減り、また半年間楽しんできた風炉の風情ともいよいよお別れとなる。

その為もろもろの思いを込め去り行く季節を惜しむのである。

もちろん道具組にも念が入る。

晩秋のもの悲しくもある季節感と相まってやつれた風炉釜、繕った茶碗や残花に心を託すのである。

だから名残りを一言でいえばまさしく万端〝侘〟の趣といえよう。そしてまた、こうした秋の茶会に心躍らせるのは茶人だけではない。

茶会の彩をつくる菓匠達にとってもこの時期はまさに腕のふるいどころとなる。

野山の変化と共にこの季節の菓子づくりに話題は事欠かない。

大きな丹波栗の入った棹物を〝山づと〟、菊花を模した饅頭〝山路の菊〟、こなしあんを絞ってつくる〝唐錦〟、干菓子の類に目をむけてみても、その多様さに心うばわれる思いだ。

そしてまた、菓子の命名には培ってきた文化や美しい言葉がいきづいているのである。菓子は茶会においては脇役のひとつであるかもしれないが、そのいずれにも日本人が愛して止まない美しい自然や季節感を優しく包み込んでいる。

〝山路〟という素朴な菓子がある。これ等はやわらかな京の山なみを象り、春には春のはんなりとした色目、夏には清々しい緑へと衣替えする。たったそれだけなのに何故だかうれしい。間もなくは紅葉の気配を映した美しい色目となるはずだ。

野山の散策も楽しいけれど、和菓子という凝縮した世界に遊ぶことで、また違った自然感がめばえてきそうだ。

なにしろ和菓子は─掌に乗る──小さな季節なのだから──。

時間をたのしむ

空前の(?)ガーデニングブームが到来している。

バブル崩壊後、手近なところで楽しめる趣味として見直されていることに加え、最近の環境問題への意識や自然回帰型の風潮がこのブームの後押しをしているようだ。ここで、見落としてならないことに草花の品種の改良ということがある。

バイオ技術の応用という形でうまれてきた新種は、美しく強い──という特徴をあわせもっている。その為、だれでもが比較的たやすく、草花を育てられるようになったわけだ。

庭から環境をデザインする──をスローガンに茶美会グループでも、この秋から、「創園」という新規の会社をたちあげることになったから、こうした風潮はご同慶の至り……と思いたい……。

けれども本当にこれで良いのかな——といういささかの疑念がないわけではない。

いつでもどこでもだれでもが、小さな自然を簡単に育成できる——とは聞こえはいいが、何だか自然までも文明の利器におきかえているようで——そう考えると空おそろしい気もする。

身近な自然は原生林と違い、やはり、手間ひまをかけていくべきではなかろうか、人間だって促成栽培ではどれほどの成長をするのだろうか？

〝古美る〟という言葉がある。

おきかえて言うと、味がある、しぶい、時代がついている、という意味だが、時間の経過をそのまま受け入れ、いつくしむという日本美の伝統を我々はともすると忘れかけてはいないだろうか？

木や庭、日本家屋、仏像や道具、人の手間ひまをかけ、時間を楽しんできたこと、時を美の計画にくみこむことを忘れてはいけない。

十一月十九日、家元では利休の孫の宗旦をしのび宗旦忌がとりおこなわれるが、この庵を見下すように、宗旦手植えのいちょうの木はいつも悠然とそびえている。

このいちょうの木からとれるぎんなん餅は年に一度だけ来庵者にふるまわれるが、それを口にするとき、歴史は生きている——といつも感じる。

そして経済主義の一辺倒では、やはり時間をかけることと時間をかけないことといったバランスをとることはむずかしい——とつくづく思う昨今ではある。

冬、〝餅焼き〟に熱中する

熱中する——といえばこれほど熱中する——ものはなかなかない。

それは何か？　と問われたら〝餅焼き〟なのである。

なんとアホらしい！　餅なんて今どきはやらないよ……と言わずに耳をお貸しいただきたい。

ここで言う〝餅焼き〟は何も電子レンジでチン！　という味けないものではない。まずは古風にも懐かしくも……餅を焼く前提があるという事を忘れてはならない。我が家で言うならば、それは大火鉢か火鉢が存在していてほしいのだ。

もちろん——チン！　するかわりにタネ火をつくり、炭を継ぎ良い火を起こさねばならない。

けれども良い火を起こすにはまず、炭をぎゅうぎゅう詰めにしてはいけない。そこには適度な風通しが必要なのである。

だから炭と炭の間はゆるやかでなければならないのだ。

隙間に風を送ったりしながら火の起こる間を持つことも楽しみなひと時でもある。

さて頃合に火が起これば金網をのせ、白く美しい餅を並べる。けれどもこれもぎゅうぎゅう詰めにしてはいけない。

何しろ餅はふくらむのである――となりの餅とくっついてしまってはうまくない。だから適度な距離を保ち焼くのである。

そして特筆すべき点は炭の強弱のポイントを見極めるということだ。

注意深く観察をしていると、こげていることと中身まで焼けていることはまた別のことであることがわかる。

このようにして……いろいろな点を心得るとふっくらとした上にキツネ色のこげ目が美しくついた理想の餅が焼けるのである。

何につけ……手間ひまをかけることはうれしく楽しい。そしてなにより悪いことではない。

暇なら暇で正月の時間つぶしになるし、いそがしいならいそがしいなりの忙中閑を味わえる。

この冬は〝餅焼き〟で身も心もリフレッシュしては如何だろう?!

新しいお茶をどうぞ

守破離

「規矩作法守りつくして破るとも離るるとても本を忘るな」

茶道を大成された千利休の教えを簡潔に伝える道歌の末尾にこの一節はある。

私流の解釈を述べると守は基本を修めること、破は応用、離はオリジナリティの確立とでも言えようか。

私が主宰する茶美会への思いをひと言で表現するならばこの守破離の教えをおいて他にはない。そして特に今回は破を強調している。

茶美会は茶道という伝統を破壊することでもあたらしく見せる為の趣向の茶会ではなく、永い歴史の中で茶道が蓄積し完成させた茶の世界を総合的、多面的に研究しその本質を現代生活に現代人に伝達することである。

それは現代にあって茶道が答えを出しきれていない部分でもある。

茶道はコンパクトカルチャーとも縮みの文化ともいわれる日本文化の中で、唯一総合的な文化体系を存続させて来た稀有の存在である。その中身には建築・庭園・工芸・懐石・着物・点前作法といったソフトからハードにいたるまでの広さと深さをもっている。

しかし現状においてはその文化力を表現しきれていないように思う。というのも茶道という存在が一般的にはまだまだ伝統文化のひとつ、単なる稽古ごとのひとつにしか数えられていないからである。

この誠に残念な事実こそが私を茶美会というあたらしい表現へとかりたてているといっても過言ではない。

型の文化といわれる日本にあって点前作法中心のいわゆる稽古主体となる点はいたしかたないのかもしれないが、点前作法も茶道のひとつの構成要素なのである。

茶道に深い理解を示された故谷川徹三先生は総合的な茶道を四つの要素に分類された。つまり社交的な面、儀礼的な面、芸術的な面そして修養的な面である。

こうした多様で多面な要素をもつ茶道文化は今文明へと飛躍しつつある。何故なら国境人種を越えてこの精神文化は理解される世界を拡げているから。東洋の思想と西洋が文化の差を認めあいながらも少しずつ接近し、宗教と科学の距離も近づきつつある。共生の時代といわれる今、文明と文化、現代と伝統の真の調和を目指して茶美会のちっぽけな試みは始まったばかりなのである。

四つのボリューションから

ボリューションが付く英語は大別すると四つであることを覚えておきなさい――と京都大学のY教授に教えられて数年が過ぎた。

デボリューション（退化）、レボリューション（革命）、エボリューション（進化）、インボリューション（内巻き・複雑）。

常に二元論的発想を教えられる師のこと故、物事を常に比較し分類する為のヒントにこの四つをあげられたのだろう。

その席上、日本文化・京都文化、とりわけ、茶の湯文化はインボリューションの最たるものであるという話を伺った。

確かに永い年月を積み重ね茶の湯文化はより研ぎすまされ、より複雑に進展している相は、造語で深化と呼ぶにふさわしい。その深化の過程の中で、茶の湯はコンパクトカルチャーとも縮みの文化ともいわれる日本文化の中で唯一総合的な文化体系を構築させてきた誠に稀有の存在である。

その中身には建築・庭園・工芸・懐石・着物・点前作法といったソフトからハードに到るまでの広さと深さを持っている。

しかし、現状においてはその豊かな文化力ゆえ、存在をとらえきれないままに一般に受け入れられているのではないだろうか?

ともすると、現在の茶道という存在が単なる伝統芸能のひとつ、単なる花嫁修業のひとつにしか考えられていないことは誠に、残念なことである。

この残念な事実こそが、私を茶美会というあたらしい運動表現へかり立てているといっても過言ではない。

茶の進化

喫茶が日本に定着してから随分久しい。なかでも茶道につながる抹茶ということになるとその存在感は格別なものがある。

抹茶でも一服というと急に居住まいを正してしまうのは何故だろうか?

あたりまえに茶家に生まれた私はずっとそのことが気になっていた。

日常茶飯事という言葉がもつニュアンスはおそらく今の茶道の雰囲気に似合わない。

同じように日本に渡来し育まれた茶の中で、多様で多面な文化をもち得たのは抹茶だけしかない。

それはおそらく抹茶がすでに単なる飲みモノとしての範疇を大きく超えてしまっているからであろう。

あえて進化という言葉をつかわせてもらえるならば、茶の文化は着実に進化している。飲料として渡ってきた抹茶は室町時代より茶の湯という新しい芸能・豊かな遊びとしての位置づけを得た後、深い思想や哲学をもった人間形成の道、茶道として今につながる。

先頃茶道を学問として研究する為の学会が発足したけれども、茶の歴史は見事なまでにモノ化からコト化への道のりを経ているとは言えまいか。

洗練された文化として茶道は既に完成されたと認知されている。しかしだからといって進化の道が閉ざされている訳ではない。

極まれば転ずのたとえの通り、別の可能性、別の役割が茶道の未来に待っている。それはおそらく日本がこれからの世界の中で求められている役割と近いものがある。

混迷を深める現代には新しい思想・新しい表現・新しい価値を再生する為の場が必要

なのではないだろうか？

茶美会の目指しているものはそうした場づくりであろう。

東も西も、古いものも新しいものも、参加できるコミュニケーションメディアとしての役割は大きい。

茶会という場、茶会という役割にそんな新しい可能性を見つけだしていきたい――と思う。

セカンドルネサンスの時代といわれる今、茶美会のちいさな実験と茶道の大きな存在には未来にむかって無限の可能性と役割があるような気がしてならない。

数寄　美意識の装置

「数寄の都」などと大それたタイトルをつけたからには、数寄論を寄せねばならない。幸いなことに紙面が不足していることを言い訳に簡単なイメージを提供するにとどめたい。

数寄といえばまず浮かぶのが数寄屋、これは茶室の代名詞（近年は幅広く、和風建築に茶室的要素が組みこまれるとそう呼ばれる）。又は、茶人のことを数寄者とも言う。数寄なる言葉は茶の世界のみの所有物かと言うとそうでもない。

元々の語源は定かではないが、それこそ好き、嫌いの好きにさかのぼると伝聞する。何と包容力のある言葉ではなかろうか！

数寄を構成する言葉にはこの他にも含みはあるけれども簡単にいうならば英語では、スクリーニングということのようだ。

何かをとおしていく、何かをふるいにかけていくそうした美意識の装置こそが、数寄の正体ではないだろうか。

つまるところ、すきかたの変化が幽玄、わび、さびという固有の意識を生みだしていった――ということになる。

現在、混沌とした中から、何かが生まれる予感、そんな言葉も数寄にはよく似あう。

京都という街を考える時、長い歴史の中で様々な文化様式をたくみに加工し編集して変化をみせてきた。

そうするならば、まことにスクリーニングの上手な都市であったのであろう。

今、京都の街を見渡す時、そんな数寄の精神、やわらかい数寄の精神をどこかに忘れて来てしまったのではないか？　そんな思いが今回の展覧会につながっていった。

ほんの小さな提案、そしてこの小さな試みがそうしたスピリットを想い出すきっかけになれば――と願っている。

そしてそれこそ、好き、嫌い、賛否両論大いに歓迎、取捨選択の手法こそが、数寄の精神なのだから。

現代の数寄コミュニケーション

洋の東西を問わず人は群れ集います。

ギリシア・ローマの広場にはじまり、イギリスのコーヒーハウスやクラブ、フランスでの華やかなサロンにおいて……。

こうした拠点で情報は交換され、文化の伝達と熟成は進められてきたのです。日本の歴史の中でこのような行動様式を発見するならば、中世に生まれた寄合、会所があります。

茶室や茶会もこの延長線上にあるのです。この中で一期一会、一座建立といった独特のコミュニケーション観念は生まれました。その特徴は密なる方向性と無言性といえます。

前者を利休は「四畳半の茶室なら客は二人、一畳半なら四人」といって狭くなるほどの密を徹底化するのです。

後者は会話にかわる主客のやりとりが多いことは今更申すまでもありません。非開放性と間接話法は今風ではありませんが、西洋も未来型コミュニケーションのモデルとして学ぶべき点はあるはずです。

デザイン

　習ハ古ニ、作意ハ新キヲ専ラトス。

山上宗二が述べた新しい作意とは新しいもてなしのデザインに他なりません。しかしながら現代のもてなしは当初の想いとは別に、いささか贅沢にかたよりすぎました。

それもバブルの崩壊という歴史的事件によって一応のハドメはかかったようです。この潮流は華やかな金の時代からシブイ銀の時代へと転換します。

日本の歴史サイクルはどうやら金の時代と銀の時代が交替でやってくるようです。元来日本人は黄金色の輝きよりさびしくシブイ銀の美にその精神を投影させてきました。

今に続く文化のヒナ型を生みだした東山文化が銀に象徴されることも偶然ではありま

せん。

再びめぐってきた銀の時代は、かつてつくりあげた日本的工夫——粗末が贅沢にひけめを感じることのない知恵や感性をたよりにするべきです。

ポストモダンの世紀はどうやら茶室のむこう側に見えているような気がします。

エコロジー

地球にやさしく——というキャッチフレーズが氾濫しています。

私達人類は進歩という名のもとに、一貫して自然からの自立を目指して来ました。結果、自然との乖離は大きく、人間を除く生態系に優しくない事態をつくりだしました。今、遅ればせながら反省をした人類は、自然との調和や共生ができるような思想やシステムを模索しはじめているのです。

そしてそれは、どうやら東洋の叡知の中にヒントが隠されていることに気付いたのです。

西洋的消費文化や物質文明がひとつの到達点を迎えたのですから当然の成り行きといえます。足ることを知るという哲学や木火土金水の配置という自然の摂理を識ることでシンプルに生きることに喜びと誇りを感じます。

これらは従来の文明発想からは忘れがちのことばかりなのです。

今、別の価値体系をつくることが急務ですが、二十一世紀への生活のヒナ型は、私達の身近なところにあるのです。

ウェルネス

留学僧、栄西によって茶は正式に日本に伝来した――といえましょう。

栄西はその著書『喫茶養生記』の中で、「茶は養生の仙薬」と語り、その効能や栽培法、製法についてくわしく述べています。

そして時の将軍源実朝を茶の効能をもって治療したことはあまりにも有名な話です。しかし栄西をさかのぼること三百年、中国においては既に茶聖と呼ばれた陸羽が出て、『茶経』を残しています。

驚くべきことに『茶経』の中では、それまでのあいまいな資料を整理統合して茶を単なる飲料から精神にかかわるモノとして位置づけました。

茶は渇きを医するに止まる――という言葉がありますが、喉の渇きもさることながら心の渇きをいやす存在であることは、現代社会に、もう少し伝えなくてはなりません。

心にも身体にもいいとはつまり現代風にいうとウェルネスという概念ですが、ともあれ渡来したその嘉木はかくも成長したものではありませんか？

ナビゲーション

こんなサービスがあれば便利なのに！　と思われたことはだれでも一度は経験済みです。車に乗った時に道案内をしてくれるカーナビゲーションシステムはそんな要求を実現できたコトのひとつです。

成程、これならば無精者にはもってこい。ただし道行を楽しむ方にはかえって迷惑かもしれません。

それならと、伝統文化に興味をもたれた方々へは「お習い事サービス」は如何でしょう？　このシステムにはお茶、お花はいうに及ばず、あらゆるお稽古情報が満載されています。お稽古場の所在地、先生のデータ等安心してお問い合わせいただけます。

何かをはじめたいけれど不安なあなたを文化の達人が目的地までご案内します……。

もっとも、このシステムが陽の目をみるまでにやらねばならないのは、むしろ日本の針路です。この先の航路には暗雲がただよっています。今こそ優秀な社会のナビゲーターの出現を待ちたいものです。

ヴァーチャルリアリティー

コンピューターなどを利用して現実と同じような擬似体験を可能にするヴァーチャルリアリティー。日本人ならば漢字で表す「仮想現実」という言葉こそ真に迫ります。果して、日進月歩の科学技術で連れて行かれる世界は人間に何をもたらすのでしょうか？　その昔、中国の伝説に残る、壺中の別天地のように我々を悟りの境地へいざなってくれるのでしょうか？

茶の湯も、〝のむ〟という日常の行為を通じて非日常の空間、非日常の状況を設定しています。そのなかで、ホストとゲストがお互いの創造力や感性を精一杯ふくらませ、夢の世界をひととき共有しているのです。しかし、それはあくまでも実体験が基本。擬似体験という訳ではありません。

とはいえ、時折お稽古場でみかけるあの風景……。

「あけたつもり……」「しめたつもり……」は伝統社会から電脳社会へのさきがけのつもりなのでしょうか……。

ネットワーク

急速にふくらむ電子空間を自由に遊泳する若者のことをネットワークとシチズンの造

語でネチズンというそうです。

いよいよコンピューターが真に市民権を得たと認めざるを得ません。

テレビには放送網、車には高速道路というネットワークがあればこそ、新しい商品は文明の利器となり得たのです。今、このネットワークのおかげで民族、国家という単位を超えた個人と個人のつながりが可能となりました。

パソコンはあなたのデスクから世界に向かって窓をひらいたのです。

私達もネットワークの中に空中の茶室をつくりましょう。

茶室のにじり口は観念的宇宙へのとびらをひらいているのですから！

ネットワークをつかった心の交流の場はこれから最も大切にされるコトでしょう。

コンピューターはネットワークがなければただのハコにしかすぎませんが、茶室も心がなければただのハコにすぎないコトを肝に銘じたいものです。

マルチメディア

最近まで、情報化社会とは、未来を指し示す言葉として使われてきました。

今、それは現実として私達の目の前にあります。

だからこそいっておきたいことは、茶の湯はマルチメディアであるということなのです。

極めて簡潔に述べると、茶の湯は今から四百年前に日本人の生活をプロデュースしていたのです。そして、衣食住遊美礼といった、それぞれのジャンルのハードやソフトに情報の編集をおこなってきました。

マルチメディアも実態はともかく、さまざまなハードやソフト、そして媒体の可能性を総称したものであるならば、両者の関係はイコールといえないでしょうか?

茶の湯を礼儀作法の教室だ――と考えている方はどうか認識を改めて下さい。

未来へのヒントは常に歴史の中に、そして文化の中にこそあるのですから。

ドラマツゥルギー

茶事は二幕四時間から成るドラマといえます。

正午の茶事の例をとるならば、懐石（食事）を中心とした前半と濃茶（喫茶）を中心とした後半、という設定が二幕の根拠なのです。だから茶の湯を芸術論・演劇論と結びつけた歴史的解釈が多いこともよく理解できます。

谷川徹三先生は「身体の所作を媒体とする演出の芸術」と称されましたし、林屋辰三郎先生も又、その著書で、茶を総合芸術としてとらえられています。

つまり、演劇を構成する俳優は茶会を催す亭主、劇場は茶室、観客は茶会に招かれた客人、台本は茶会記というわけです。

無論、芸術論だけで茶の湯の世界にある種のわくを設けようというつもりはありません。なにしろ趣味で楽しくお茶に取り組んでいる方が圧倒的に多いのですから……。

大小を問わなければ、ディズニーランドと茶室は共にドラマをもりこんだ東西の舞台装置なのかもしれません。

第二章

エンプティの時間

茶道　肩の力を抜いて茶とつきあう

私の生家京都の裏千家には、その発祥となる小さな茶室がある。

今日庵と呼ばれるこの小さな茶室は、ほぼ二畳敷の空間と思ってもらえば良い。

今は、重要文化財に指定されたため、ほとんど火を使うことが許されないこの庵に、私は時々ひとりで座ってみたくなる。

土壁に囲まれた薄暗い茶室の中はそれでも障子越しに伝わってくる光が優しく、時折聞こえてくる木々のざわめきや鳥の声に心和む。

様々な仕事に追われる身の上にとって、ここは絶好の逃避場でありまた、オアシスでもある。

私にとっての今日庵は、茶を点て、人と話をする場所ではなく、ある意味で瞑想のひと時、リラクセーションの場なのだ。

茶室は本来、都会人の癒しの場として生まれている。

だから、都会をはなれ、ひなびた隠れ里に庵をたてる隠遁者の営みではない。

それは、茶室がその昔、市中の隠あるいは市中の山居と呼ばれていたことであきらかである。

それも極めて日常に近い、日常ととなりあわせた、非日常のスペースであった。

都会人にストレスが多いことに今昔の違いはなく、茶の湯は日常に近いところでそれを解き放ってくれる絶好の手段であった。

しかし、茶の湯の場合、もてなしは自らのためだけにあるわけではない。

それを語る一文が『南方録』という本の冒頭にある。

家はもらぬほど、食事は飢えぬほどにて足る事なり。これ仏の教、茶の湯の本意なり。水を運び、薪をとり、湯をわかし、茶を点てて、仏にそなえ、人にもほどこし、吾ものむ。花をたて香をたく。みなみな仏祖の行いのあとを学ぶなり。

禅の教えが茶の根本を成していることが明快に述べられているが、仏にも、人にも、自分にも通じるもてなしでなくてはならない。

ゆとりがなければこんな気持ちには、まずなれない。

自分だけのことを考えがちで、自分だけのことで精一杯な現代人にとっては、少しばかり耳の痛い話であるかもしれない。

我々はストレスのありかを探す前に、まず自らの心のありかたについて考えた方がいい。

心のせまさこそが自らを追いつめていく、そもそもの根源なのだから。

『南方録』の言葉を基にするなら、茶の湯は粗末な空間、粗末なモノであっても豊かに生きることのできる生活思想だと言える。

今時は茶室も道具も高価になって茶の湯は縁遠い存在になったが、本当の茶の湯は、金やモノのある人はあるなりに、ない人はないなりに楽しむことができる――という柔軟なものだ。

それで想い出すのが、デザイナーの知人に招かれて別荘に遊びに行った時のことだ。興が乗ったのか、突然茶会をしようという話がまとまった。

けれども困ったことに茶道具はなかった。

幸いに抹茶と茶筅はあったのでスプーンを茶杓に、ワインクーラーを水指に見立て、夏だったから冷たい山の水でお茶を点ててみた。

臨時の創作茶会は思わぬ好評を博したが、こんな風に、自分のひねった茶碗でもいい、お気に入りのカフェオーレボウルでもいい、湯を沸かして茶を点てるだけでも、それが楽しめれば立派な茶の湯の精神であるといえよう。

あなたも、自分のためにでも、人のためにでもいい、一心不乱に茶を点ててみるひときをもってみてはいかがだろう。

間違いなくその瞬間こそ、無心であり、また空っぽの時間であるのだから……。

茶は心の渇きをも癒してくれるものだ。

香道　心を澄ませて香を聞く

友人のKさんは残業の日が楽しみだ。そのわけはKさんの家の玄関にある。

仕事に疲れたKさんをまず迎えてくれるのは、玄関の脇に置かれたローソクの灯と、ほのかに漂ってくるお香の香りだ。

この心憎いまでの演出はKさんの奥さんの心づくしだが、このもてなしでKさんは一日の疲れをまたたく間に癒すのだと言う。

ちょっと良い話ではあるが、ノロケと一緒にこの話を聞かされた一同は、我と我が身を振り返り、しばし唖然となった。

さて、近頃は、香りによる癒し……アロマセラピーが静かに浸透しているようだが、

Ｋ家のこうしたもてなしには日本人的情緒があり、そのことをカタカナで呼びたいとは思わない。

日本には古来より香を楽しむ文化があり、それを昇華させたものに香道があるからだ。私のいる茶の湯の世界においても、香をくべることは大切なもてなしのひとつでもある。

火中にくべられた香が、ややあってからかすかな芳香を室内に漂わせてくるとき、眠っていた五感は開き、感性は研ぎすまされていくようだ。

その時、茶室もまた、知らずうちに非日常の空間へとワープしていく。

宗教的な空間に灯と香りが不可欠であることはこのことをしてもよくわかる。香りには確かに、人を異界へと誘っていく見えない力があるように思う。

私は香りを身近に置くことを好む。

決して正式でもぜいたくでもないにしろ、ほのかな香りにいつも包まれていたいと願っている。

だから芳香剤のようなものではなく、疲れた自分を慰めるためにも香をたきたい。

それは、ストレスの多い生活に刺激を与えてくれる一種の気つけ薬のようでもある。

ところで、香を楽しむ時、日本では独特の表現を使うことをご存じだろうか。香を聞く……という言葉にはいささか思い当たるところがある。それは香をたのしむ所作に由来がありそうだ。

というのも、香はたちのぼる香りを片方の鼻の穴から吸い込み、また片方の鼻の穴から吐き出すように……と教えられる（もちろんこれはひとつのたとえで現実にそうするわけではない）。

この時、少し小首を傾けるのだが、それはまるで香の繊細なささやきに、耳をそばだてているふうでもある。

だからこそ古人は、香をかぐではなく、聞くという表現を選んだような気がしてならない。こうした言葉ひとつにこめられた先人の感受性には敬服すべきことが多い。

言葉といえばこんな俳句がある。

白牡丹といふといへども紅ほのか

近代俳句史にそびえたつ俳人高浜虚子の作だ。

言葉で表しただけの世界ではあるが、この句には何らかの〝におい〟を感じるのは私だけだろうか？

紅と読ます字の響きに同じ響きを持つ香が重なり合い、えもいわれぬ美しさをかもし出している。

嗅覚から感じるだけが香りではない。

視覚から伝わる香りもまたあり得るのだ。

実際、香をたくことが、もしめんどうくさいのなら、こうした居心地のいい言葉を見つけ出し、それを時々引き出しの中から引っぱり出してながめてみることも、また別の意味での香の楽しみ方かもしれない。

言葉もまた、もてなしのひとつなのである。

華道　ためらいなく一枝を生ける心

その昔、「看山」という言葉を市井の老学者から教えられたことがあった。

その全文をご紹介すると次の通りだ。

「忙時山我ヲ看ル　閑時我山ヲ看ル」

何のことはない、言葉が少しひっくり返ったに過ぎないけれども、意味から言えば――

——心の持ちよう次第で大違い——ということになる。

この一文を我流に解釈するに、忙しくとも山を看る気持ち（ゆとり）を忘れないように、ということになろうか。

都会に暮らす人達の日常は多忙を極めている。

それ故、季節の移ろいや美しい存在に心を配っている余裕がない。

結局ストレスはたまる一方になってしまう……。

そんな時、豊かなイメージを喚起してくれる自分だけの「山」という言葉や、山にかわるそんな対象を持っていれば安心できる。

私達はまず自らをもてなす、ということを忘れてはならない。

たとえば、茶の湯のもてなしは相手がいないと成立しないが、その前段階に当たる準備は、あれこれと一人で楽しむことができる。いうなればやすらぎの時間でもある。

なかでも、もてなしの一つである花と接するときは格別の思いがある。

茶の湯の場合、使用する山野草や花木のことを茶花と呼ぶけれども、これらを生けるときは流儀花とは違い、ほとんど技巧をこらすことがない。

数種類を取り合わせることはあっても、その姿は「花は野にあるように」という教えの通り、あくまでも自然体が好まれる。

小さな座敷なら一枝か二枝を軽く生けるが、実のところ、この軽く生ける――という事が案外むずかしい。

なぜなら、その一枝は選び抜かれた一枝でなければならないのだから。

それは大自然のほんのひとかけらに過ぎないけれど、それゆえに大自然をも凌駕する。

美しく切り取られた一枝は、思いの外雄弁なのである。

だからこそ、人をもてなし、自らをもてなすための選択が終われば、次は心を集中させ、大胆に投げ入れなければならないのだ。

そこにためらいや雑念があってはいけない。

花は人の心を映す鏡のようなものでもあるのだから。

ところで、人は健康のバロメーターをさまざまな方法で持っている。

タバコを好む人は朝一番の一服が基準になり、酒を好む人は、やはり一口目の酒でその日の調子がわかる。

もちろん、メシがうまい！　というのは最も好ましい健康の基準ではある。

それならば心の健康はどんなバロメーターで測ればよいのだろうか？

心を測ることはどうやってもむずかしい。だからこそ、たとえば花をその基準にしてみてはどうだろう。

その対象を私は茶花とはいわない。タンポポでもバラでもいい、一輪でも一枝でも、さわやかにためらいなく生けることができたなら、あなたの心は健康そのものに違いない。

茶花を生ける時の心得にこんな一文があることを想い出した。「竹の清きを切り、水の清きを盛、花の清きを入、心の清きを楽しむ」と。

四清同というこの教えの末尾に、心の清らかさを付け加えていることは決して伊達や酔狂ではない。

やはり、澱んだ心で花と向かい合うことはその昔から困難なようではある。

置庭　掌にのる庭にめぐり来る四季

つい数年前まで、千家の庭には主がいた。

主の名前をシゲさんという。

シゲさんは何十年もの間、千家の庭をあずかり心の底から慈しんで来た人だ。

早朝であれ、深夜であれ、シゲさんは、いつみても庭で仕事をしていた。

そして、いつも大切にピンセットを持ち歩いていたものだ。

シゲさんはこれをとりわけ思い入れのあった苔の手入れのために使っていた。

手をかけることが心をつくしていることと同じだとするならば誠に有り易いことではない。

茶庭はこうした庭師達の一所懸命を受けていつも清楚に美しく保たれている。

さて、これまで茶庭と称してきた空間は実のところ露地と呼ばれている。

その訳は、茶に多くの影響を与えた禅にある。

禅の世界において、〝露〟の字は〝つゆ〟と読まず、「あらわれる」とか「あらわにする」という意味で使われている。

だからこそ、茶室につながる陰影の深い小径を進むことは、外界のわずらわしさから離れ、少しも覆い隠すところのない自分にたちもどるためのプロセスでもある。

一般呼称の路地を露地に改めたのはそうした理由によるのだ。

けれども、茶室たる露地だけが瞑想や心の安心を得るためにあるのではない。

禅の庭もまた、そうした対象の代表格であろう。

古来より私達は楽しむ以上の役割を庭に与えてきたのではなかったか。

そんなことを考えながら、久しぶりに庭の手入れをすることにした。

正直言って庭の草むしりは好きではない。

生来無精な私は、縁側のひだまりで、ぽけーと庭をながめているほうが好きだ。

しかしながら、根の強い雑草達とむきあい、黙々と作業を続けるひとときは確かに何もかも忘れる空っぽの時間ではある。

気がつくと汗が全身をぬらし、足や腰が少ししびれかかっていた。

そして、「あれは無心になれていい」という友人の言葉を、ふと私は想い出していた。

果してあなたにとって今、庭はどんな存在であるのだろうか？

もちろん、ウサギ小屋と揶揄される日本の一般的住環境にあっては、庭をつくる楽しみも庭を愛でる楽しみも充分にある訳ではない。

けれども今流行のイングリッシュガーデンや伝統的な盆栽は、庭遊びを手近に楽しむことができる立派な知恵なのである。

そして、両者に共通していることは〝小さな庭〟であり〝可動式の庭〟という点ではないだろうか？

また、いずれも大自然や好みの風景を小さな空間に託した〝見立て〟という手法をもちいる。

この〝見立て〟こそ日本人が大切にしてやまなかった美意識のひとつである。

ここに見立ての精神を活かしたあたらしい〝庭〟がある。それは野草盆栽をもう少し簡便にした室内でも楽しむことができる「置庭」という小さな自然だ。

たとえ掌にのるような小さな自然といえども、そこには確かに四季がめぐり来る。

多忙の中であっても「置庭」や「盆栽」といった小さな営みに目や耳をすましてみることで、きっとつかれきった五感はなぐさめられ、もてなされることだろう。

私達が捜し求めてやまない地上の楽園は、案外あなたの身近にひそんでいるのだ。

作陶　〝無心〟で心を注ぐ土ひねりのススメ

今、私は土と向き合っている。

この土の塊が果たして茶碗という相になるのだろうか……。

先程から私に茶碗づくりのポイントをわかりやすく説明してくれているのは友人の吉村重生で、楽焼の窯を営む吉村楽入の三代目である。

さて茶碗づくりにもいろいろあるが、今日は楽焼の特徴である手びねりを体験させてもらっている。

実のところ、この十年程忙しさにかまけて茶碗づくりは体験したことがなかったから、ほとんど素人状態、少し胸がドキドキする。

はじめはひたすら吉村のまねをしながら土をかたちづくっていく。どんどん無口になり頭も空っぽになっていくのがわかる。

プロの陶芸家は最初につくりたいカタチを決めるのだという。そして時折全体のカタチをチェックしながら部分を修正する。

書けばたった数行のことだけれども、これがなかなかむずかしい。頭の中で意識し考えていることがとても手まで伝わらない。

また、手に気持ちが集中してしまうと全体をチェックする脳が働かない。なかなかと難儀なことではある。

ともあれ、茶碗は腰からおしりにかけてぽってりとした作品に仕上がった。

なんだか自分の体形をみているようでふとおかしな気持ちになった。

手びねりの醍醐味は、自分の手によって少しずつ時間をかけながら茶碗を作り出すところにある。

それゆえ、手のカタチあるいは手のあとが作品に生かされるとあっては、愛しさもひとしおというものだ。

こうして茶碗をつくっていてふと頭に浮かんだのはよく父が口にするカタとカタチという話だった。

日本の伝統文化はカタから入るものが多い。長い年月をかけながらカタを学び、それに文字通り心血注ぐこと——つまりカタチのチは血であり、またその昔、魂や霊のことをチとよんだ心を注ぎ続けることなのでもある——ということだった。

結局、この日吉村の指導ヨロシク、調子に乗った私は五つの茶碗をつくってしまった。それらはすべて私の分身、あるいは私のカタチといえる。

吉村の厚い友情に感謝しつつ今日得た骨法を二ツ三ツ……。

茶碗づくりには心や性格がはっきりと映し出されるということ、そして技術的には押すときには引く気持ちを、広げるときには縮める気持ちを忘れない方がいい。つまり少し大胆に少し臆病にというところか（これはあるいは間違っているかもしれない）。そして最後にいえることは夢中になることはやはり無心になることなのかもしれない。

ともあれ、作業のすべてが終わったわけではない。後は人智の及ばない窯入れの作業が待っているからだ。どう仕上がるかは運を天にまかせることにする。それでもおそらく完成した茶碗での一服は格別なもののはずだ。邪心を出さずにそのひと時を楽しみに待つことにしよう。

煎茶　一滴の茶のうまみを極める煎茶道の世界に心震える

旅の道連れにと頂戴した弁当に、缶入りの玉露がついてきた。いつもならありがたく缶のフタを開けるのだが、今日はどうしても口にする気になれない。

それには少しばかり理由がある。というのも、あの豊潤なる一滴のうまみを知ってしまったからだ。

先日、縁あって小川流の煎茶を味わう機会を得た。

同じ京都に住まいをおきながら、実のところ煎茶を体験するのは初めてのことだった。

なぜ？　といぶかしがられても不思議ではない。同じ茶の木から生まれたとはいえ、これまで、煎茶と抹茶はあまり仲の良い兄弟ではなかったのだ。

だからといって、人間同士が仲良くできないというわけではない。あくまでも、歩んできた系統の違い、と言えるかもしれない。

さてその日は、文人が書に疲れた時に気楽に楽しんだという「文人手前」と、即興での「玉露手前」を体験した。文人手前の味わいもなかなか深かったが、それは空前絶後ともいえる玉露手前のプロローグにすぎなかった。

玉露手前は、茶葉に含まれるタンニンなどの渋みを入れず、テアニンというたんぱく質のうまみだけを抽出するもので、まさに究極の味わい。

白い湯気がほうほうと吹き出る湯瓶を火からおろす。頃合いを見て、茶葉が入れられた急須の中へ、注意深く、繊細な糸のように湯を少しだけ注ぐ。

静かに細く湯を注ぐのは、茶の葉が火傷をする面積を少なくするためであり、また、温度の調節のためでもある。

葉が熱湯によって傷つくと、タンニンが出て渋くなるのだという。うまみを引き出すためとはいえ、茶と客へのやさしい心配りと言えよう。

湯はしばし急須の中で葉となじむのを待ち、配置された白い小さな磁器の茶碗の中へゆっくりと落とし込まれる。

大切に融合された一滴は、まさに緑の滴りとなり、それが「玉の露」と呼ばれるにふさわしいことを知る。

初めてこのもてなしを受ける客は、茶碗の中の茶の量のあまりの少なさに驚きを隠せない。けれども本当の驚きは、舌の上にその一滴を載せた瞬間に訪れる。

茶の芳香と甘味が口中に広がると、たとえようもない歓喜が全身を駆け巡るのだ。

この喜びを伝え尽くす筆力を私は持たない。その代わり、夏目漱石の『草枕』の一文に目を通されることをおすすめしたい。

「…普通の人は茶を飲むものと心得ているが、あれは間違だ。舌頭へぽたりと載せて、清いものが四方へ散れば咽喉へ下るべき液は殆どない。只馥郁たる匂が食道から胃のなかへ沁み渡るのみである」（新潮文庫『草枕』より）。

まさに、この一滴は砂漠の中で巡り合った、渇きを癒す一滴の水に匹敵する。そしてまた、心を癒す一滴でもある。私はいまだかつて、こんなささやかな豊かさに出合ったことがない。

一滴の味わいに命を懸ける茶人がいる。滴りの中に一境涯を見たり。私は恐ろしい体験を実はしたのかもしれない。

謡曲　能の稽古に汗をして心のあかを洗い流す

ある宴席で珍しい出来事があった。

酒も相当進み、宴たけなわの頃、一緒にいた青年会議所の理事長が、座興に小謡をご披露することになった。

やんやの喝采のなか、彼は静かに堂々と「熊野」の一節を謡いきった。

余勢をかって経済同友会の青年部の代表が「鶴亀」を、そして私も「鞍馬天狗」の一節をそれぞれに披露した。

文化の懐の深い京都ならではの光景と思われるかもしれないが、最近の宴席ではまずお目にかかることではなかった。

こうした場面で小謡の一つでも心得ておけば誠に心強く、また便利なものである。

カラオケもよいけれど、たまにはこうした伝統的な楽しみも悪いものではない。

すこぶる気分をよくしたところで、もう一度お謡の稽古をしてみたくなった。

実は謡の稽古については過去二度挫折している。

初めは子供の頃。毎週土曜日になると先生がお稽古に来られていた。子供は謡の稽古より、仕舞（能の中のダイジェスト版になったところを軽く謡い軽く舞う）が稽古の中心となる。

言葉はわからないし、動きが静かで簡潔なため、とても退屈だったのを覚えている。

そのうち学業専念を理由に兄と二人でお稽古を中断してしまった。

こうした習い事は大人になってこそ生きるものと、社会人になってから勇んで稽古を再開したけれど、今度は多忙のあまり、またまた挫折となった。

三度目の挑戦となる今回も、これまでお世話になった金剛流の種田道一先生に指導をお願いすることにした。

弟子がこう言うのも失礼だが、先生は謹厳実直を絵に描いたような方で、それゆえ稽古内容も真面目でわかりやすい。

たとえば、最初の謡の稽古においても、あまり細工をさせず、ただ堂々と大きな声を腹の底から出せばよいといわれた。

というのも、素人はすぐ、玄人のふしまわしや発声をまねたがるからだ。だが、それは永年の稽古のなかでたどり着くところ。ものまねは所詮ものまねにすぎないという。また、先生は素人が単調な稽古に飽きないよう、登場人物が暮らした時代や物語の背景の説明も丁寧だ。

そうしたことを知ることは、謡に思いを込めることにつながり、感受性を養ってもくれる。

さて、簡単に見える謡だけでも、このようになかなか骨が折れる。けれどもこれが仕舞となると、よりハードルが高いことを改めて知った。

というのも、仕舞は短く簡潔であるとはいえ、謡を覚えたうえに舞の所作を覚えなくてはならないからだ。

謡に気をとられると所作がおぼつかず、所作に気をとられると謡がおぼつかない。どちらもバランスよく行うためには、やはり稽古の回数を重ねるしかなさそうだ。

能を大成した世阿弥は『風姿花伝』の中で、次のように述べている。「稽古は強かれ、情識（じょうしき）はなかれとなり」

自分勝手な慢心やわがままを捨て、稽古に専念せよと……。

確かに、自分なりの思い込みほど怖いものはない。手あかにまみれた自分をぬぐいさり、本来の素直な心を取り戻すことにこそ、稽古の意義はあるのだから……。

心のあかが少しぬぐえたせいだろうか。謡と仕舞の稽古の後には、五月の薫風のような軽やかさが残った。

盆石　白砂で、お盆の上に一瞬の世界を作る「盆石」の贅沢

盆石という、はかなくも美しい芸術があることを御存知だろうか？

これは、黒塗りの盆の上に石を置き白砂を配し、羽や小箒をもって繊細に自然の情景を再現するものだ。

優しくささやかにみえるこの営みには、けれどある種の大胆さも要求される。というのも砂を箒でかきわけるとき、あるいは匙で小石を散らすとき怖がっていては、いきいきとした景色にならないからだ。

繊細にして大胆という対比とともに、ほとんどの場合、黒と白の対比と階調により作品は構成される。

それらがつくりあげる枯淡な味わいと優雅な趣が私たち日本人の心情にかなうのか、盆石の世界は大いなる安らぎを与えてくれる。

そして私達日本人が好む「ちぢみ」と「見立て」がこの世界には込められている。

「ちぢみ」は時間と空間の概念で、日本文化の特性としてたとえられ、よくコンパクトカルチャーと呼ばれているものだ。小さきものはみなみな美し——という言葉の通り、この小さな島国の人々は何かにつけ、ちぢみの世界にひたることを喜ぶ。

また「見立て」は別世界の出来事やモノをより身近な次元に引き込み、まるでそれがすぐそこにあるかのように仕立てあげること。

つまり、盆石は小さな世界にもかかわらず、手元に置くことができない風景や物語が、まるで切りとられたように再現される。

そのため、使われる石や砂もその風景にふさわしく、また似通ったものを吟味するのである。

それらは自然のほんの小さな一部でありながら、しかし盆の上では大自然より雄弁でなければならない。

だから盆石を学ぶことは自然を観察することであり、そして自然と感応する力を養うことにもなる。

殺伐たる現代文明の喧噪の中で、にぶく眠りかけている五感も、盆の上の景色を作っていると少しずつ呼び起こされてくる。

よく日本人は創造力に欠けると揶揄される。けれども少なくとももう一つの想像力——イマジネーションに関しては決してひけをとらない。

なぜなら盆石に限らず、ほとんどの日本文化の中に、想像力が要求されるこの「ちぢみ」と「見立て」の手法が取り入れられているからだ。

想像力を使うことは実は知的なゲームだ。そして楽しい。

和菓子にどんな銘をつけるのか、竹の切れ端や土くれが生み出す意匠にどんな世界を思い浮かべるのか——それらはすべて想像力がものをいう世界だ。

この日本ならではの想像力を養うためには、少しばかりの勉強は必要だ。

盆石においても単に風景を写せばいいのではない。その風景を詠んだ和歌がベースにある。つまり和歌を通じ、盆の上に再現する世界をより深く理解する必要があるのだ。

盆石は、忘れかけていた日本人としての記憶をよみがえらすのにもってこいの慰めだ。

そして最大の特徴は、作品が残らないということ。

残らないがゆえの〝あはれ〟と残さないいさぎよさ（あっぱれ）がそこにある。心を空っぽにして懸命に作品をつくりあげ、そしてまた自らの手でそれを破壊する。それは常に創造と破壊を繰り返す大宇宙の摂理をも映し出しているかのようだ。盆石を通じて私達が学ぶべきことは多い。

利酒　酒が語る声に静かに心傾ける夜

李白、若山牧水……。酒がつぶやく言葉がわかり、また酒と語らうことができる詩人たちがいる。凡人には到底到達できぬ境地だが、今回は、日頃もてなしの潤滑油ともなってくれる酒と正面から向き合って「利き酒」をしてみようということに相成った。

主旨からして、銘柄を当てる利き酒ではなく、自分なりの言葉を探してそれぞれの酒が持つ個性を表現し合う方法で……とまでは決まったが、ノウハウを持つ人がいない。

そこでソムリエの柳忠志さん、唎酒師の資格を持つソムリエの松永茂さんに援軍として入ってもらうことになった。

松永さんのコーディネートにより、この日選抜されたのは六本の日本酒。いずれもなかなかクセモノの気配を漂わせている。

居並ぶ酒の風味を言葉で表すのは簡単なことではなさそうだ。

通常、どういう風に表現するのかについて二人のプロにたずねてみた。

専門家の間では、ある時は花や果実に、またある時は色などにイメージを託するのが一般的のようだ。

やることはわかったが、プロに囲まれてソムリエごっこをするわが身は果てしなく不安だ。

ごっことはいえソムリエや唎酒師の心得は聞いておかねばならない。そもそもいったいどういう存在なのかを。

柳さんの回答は素っ気ない程明快で、「ソムリエならばワインの弁護士です」と一言。辞令の妙にただただ納得。

さて、弁護できるかどうかは定かではないが、酒の味方になれるよう努力を肝に誓った。

いよいよ利き酒大会開始。

「利く」順番は柳さん、松永さん、伊住となる。おもむろに一番の酒がグラスに注がれる。

一口最初の酒を口に含むと柳さんが不思議な表現をした。「粉っぽい味…穀物の味」。続いての松永さんは「イメージとは違うナァ」とつぶやきながら虚空を見つめ、言葉を探す。

さあ伊住さんですよと促されるものの、言葉が出てこない。何とか「香りはおとなしいがしっかりした味」と無難な表現をしてその場をごまかす。

次々にテイスティングが続くうちに、六本の酒が形容される言葉もあでやかに舞い始めた。

快活、華やか、ミルクキャラメルのよう、控えめ、白玉のような、くせになる悪女ｅｔｃ…。

まったくもってプロの表現力の豊かさと自らの表現能力の限界を思い知らされた。

振り返ってみると、自分は結局好き嫌いしか感想を述べておらず、弁護というより検事だ——と後で反省。

けれどもこんなに楽しい酒の場は久し振りだった。

今度の休みの日にでも友人を招き「利き酒大会パートⅡ」を催してみよう。

書道　キーボード時代の今だからこそ書を手習ってみる

実のところきわめてメカに弱い。

当然のことながらワープロを使えるわけでもなく、この原稿もひたすらに手書きという有り様。

けれども負け惜しみではなく元来文字を書くということが好きだ。

筆まめでもある——と自負しているし、仕事柄色紙を頼まれる事も多い。

その度に禅語の本や古典を調べるひとときは、忙中閑ありで楽しみな時間といえる。

ただし、書のスタイルからいえばこれが全くの我流で、手本は、父の書いたものに依るところが多い。

ある時、いつまでもそれでは良くないだろうと兄が一冊の本を推薦してくれた。

それが『五體字類』という本で、様々な漢字の書体が載っており誠に重宝している。

とはいえ我流は我流に違いない。今回は念願叶って書の手習いをすることにした。

さて、指導を仰いだのは友人の書家、千田満紀子さんである。

彼女は京都の名門日比野光鳳先生の門下でかな文字を専門としている。

はじめに数多く準備してもらったお手本の中から選んだのが「雪月花」の文字。

さらりと美しく書かれた書体にしばしみとれながら墨に筆をおろす。

書とは不思議なもので、雪は雪、月は月、花は花の雰囲気が漂ってくる。

ともかくまずは構え方、そして筆の持ち方を教えられる。

筆は決して寝かしてはいけない、そして大字を書く時は筆の上部を持つ。

そして小手先を使わずひじを引く様に筆を運ぶのだという。

筆を止める、ゆっくりと動かす。

強弱、濃淡のポイントに注意する。

最初の手習いは、結論からいうと高いハードルを選びすぎたようで、何ひとつうまくいかない。気分は深刻になり、あせる。

レンズの向こう側にもその心が映っているのか「エンプティになっていませんねェ」というカメラマン氏のひとことがこたえる。

ゆとりを取り戻すためにひとまず休憩をとった後、今度は小字に挑戦することになった。

小字のお手本は、何とウレシイ！　いろはにほへと——最初からこれを選ぶべきだった。

小字に移ってからはなぜか絶好調で、気にしていた筆の持ち方にも慣れ、先生にほめられることしばしばとなった。

ゆとりが表れたのか外野席からも「さっきより表情が柔らかですネ」という声を耳にし、さらに余裕が生まれ、集中力が高まった。

ともかく、ほめられるということは大切だ。

子供のような気持ちで取り組んだ今回の手習いを終えて思ったことは、率直に先生の言う通りにやってみることの大切さだった。

たとえば一見書きにくく思った筆をたてる——ということもやってみれば、思いの外、書きやすかった。

特に大人になってから習い事をはじめる時、邪魔になるのは自分の分別（わかったつもり）というもののような気がする。

やはり、基本のない我流ではいつか壁にぶち当たるに違いない。

「稽古とは一より習い十を知り十よりかえるもとのその一」

利休道歌の中にある一節は基本と向き合うことの大切さを教えてくれる。困った時は基本にかえる、悩んだ時は初心忘るべからず、ということはジャンルによらず共通した教えではなかろうか。

人生に慣れ、一生懸命さを失った時、我々は心の悩みやスランプを感じるのだから。稽古というのは、忘れていた自分を取り戻すための場所でもある。

坐禅　呼吸に集中して心を空にする坐禅

持ちきれない荷物の重さ前後　尾崎放哉

男も四十代になれば、背負っているものの重さに息苦しさを感じる時がある。肩書き、社会的責任、人間関係からうまれてくる喜怒哀楽の一切がなんだかわずらわしい。

そんな時は、全身で無心になれる何かに立ち向かってみたい。

例えば坐禅。ちょっとスランプ気味の今日、坐禅を組むために京都・紫野大徳寺の塔頭龍泉庵を訪れている。

この寺は、大徳寺内の、庭が有名な大仙院から芳春院に向かう道すがらにある。目立たないためその存在を知る人は少ないが、我が師、福富雪底・大徳寺管長が京都滞在中に逗留される場所でもある。

檀家を持っていないことが特色だが、水曜から日曜までの毎朝、坐禅堂を開放し、来る人を拒まないという点も珍しい。

この朝も定刻七時には数名の外国人参禅者が、静かに慣れた作法で坐禅に取り組んでいた。

さて、ここで簡単に坐禅の基本を述べておきたい。

各自が自分の坐る場所を決めて、まず合掌一礼。

「単」といわれる、座布団の前に渡された木（お茶などをいただくときに使う）に足をかけぬよう気を配りながら着座する。

左足が上になるように足を組み、法界定印という組み手に構える。姿勢を正し、目はうっすらと半眼にすれば、これで一応坐禅を組む態勢は整う。

「両膝で大地を支え、舌で上あごを支えるように」と教えられる。

線香が立てられるといよいよ坐禅会の始まりである。

呼吸は鼻からゆっくりと長く吸い、また時間をかけて長く吐く。集中するために、初心者は呼吸を数えるようにといわれる。けれどもこれがうまくできない。

実のところ、呼吸がやっと整ってきたと思えたのは一本目の線香が消える頃だったろうか。静寂な時間に支配された空間の中での小一時間は、思いの外早く過ぎていく。

その昔、坐ることで悟りを開いた道元は、「坐禅は安楽の法門なり」といった。そんな言葉がふと頭をよぎる。

もちろん、心身脱落などという境地には程遠い。けれども、ひたすらに坐ることで、心の執着や重い荷物のひとつずつが解き放たれていくようだ。

俳句　季節と言葉を紡ぐ俳句の贅沢

春の山からころころ石ころ　　種田山頭火

最近俳句を楽しんでいる。

俳句の良さは、十七文字という限られた枠の中で思いを凝縮させることにある。

それゆえに、人間の心の中に渦巻く喜怒哀楽のすべてを語りつくすことはできない。

あふれんばかりの思いがあっても、何かに絞り込まなければ俳句にはならない。ひとつ、またひとつと削り落としていく中で、本当の自分と寄り添ってくれる珠玉のひと言と巡りあった時、俳句はうまれる。

もしも巡りあわなくともあわてることはない。太公望のように釣り糸をたれて待ち続ければいいのだ。

仕掛けながら待っている——というのも中々スリリングなものである。

もしも運よく巡りあえたなら、その喜びは金銭で手に入るものではない。

人は、自分を託すことができる何かをいつも求めている。

けれども託すものがなかったり、見つからない時、人は誠にやるせない。

言葉や文字は人にとって何かをあらわすことができるとても有効な手だてだ。

言葉にすること、文字にすることで、不平不満のいくらかは解消することもできる。

自分を託せる何か——に俳句はもってこいだ。

なにより自分の都合でできるし、紙とペンのほか必要なものはない。

十七文字に収めること、季語をつかうことなど約束事はあるけれども、それが好ましくない人は冒頭の山頭火のように、あるいは俵万智のように自由な律を踏めばいい。

すくなくとも、この一年俳句をつくり考えるひと時は、私にとって、この上もないエンプティの時間となっている。

そんな訳で今回は大好きな俳句を友に、大好きな鴨川を吟行してみることにした。この日、春浅き鴨川はのどかで、やわらかな風景だった。ひとついい俳句をひねりだしてやろう、というあさましい気持ちは、その風景の中ですっかり浄化されてしまった。

どなたの言葉か忘れたが、美しいものを美しいと思う心が美しい――今、私の心は美しい、そんな心境になっていた。

日向ぼっこする鳩の群れ、美しく泳ぐ番の水鳥、橋の上を歩く人達のゆったりとした歩み。ふと見ると河原の石コロの中に鳥の骨が…。そこで一句。

とび石を渡るリズムも春となり　拙作

気がつかなかったこと、見過ごしていたささいな出来事が、心を澄ましてみるだけで、万華鏡のようにどんどんあらわれてくる。

才能の有る無し、出来の良し悪しが問題ではない、ペンと紙を手に歩き回ってみよう！　あたらしい自分が発見できるかもしれないから。

第三章

句に想う　一語一会の世界

五月雨をあつめて早し最上川　松尾芭蕉

道具に取り合わせ―という言葉があるように、実は俳句という十七文字の中にも絶妙な言葉や文字の取り合わせがひそんでいます。

この芭蕉の句の中には小さな小さな雨粒が山を経、小川を経て大きな川につながっている――という小と大の雄大な取り合わせが句の妙となっているのです。

そしてこの句を読むたびに思い出すのが、仏教の教え、一燈照隅・万燈遍照という言葉です。

小さな灯であってもそれがあつまれば広く世のすみずみまで照らすことができる―というこの言葉は仏の教えの伝播だけではなく、いろいろな思いを込めることができるのではないでしょうか？

それはたとえば良い心であったり一碗であっても良いはずです。

人間の身体であっても国であってもインターネットであってもこのちいさなものやことがあつまってはじめて成り立っています。ですから小さなことをばかにしてはいけません。

昔から積善の家には余慶あり――とも言います。

今日からでもおそくありません。

小さな何かを身近なところから発信していく努力をこころがけていきたいものです。

水音のかすかにありて涼しさよ　稲畑汀子

実のところ冷房があまり好きではない。

それは育って来たところが冬は寒く夏は暑くという生活環境であったから――かもしれない。

やせがまんやノスタルジックな心境ではなく――夏となれば風鈴の音色に耳を澄まし、蚊取線香を置いた縁側で汗をぬぐいながらビールを楽しむ――そんな暮らしが好きだ。

好きだけれど……本音を言えば決して涼しいわけはない。

当然のことながら風鈴の音が涼風を呼ぶわけではなく、たとえば露を切った器がクーラーに勝るというわけでもない。

それらは即物的な涼しさ――ではなく、目に心に届く涼しさ――といえるかもしれない。

夏はいかにも涼しきように冬はいかにも暖かきように――という教えは利休居士の七則にもあるが、暑さの中には暑さをしのぐ、寒さの中には寒さをしのいでゆくこうした知恵は日本の歴史と風土が育んできた情ともいえよう。

豊かにも便利にもなった現代生活の中で、長く育んできた知恵を今一度とりもどしていきたいと思う。

秋立つや雲は流れて風見ゆる　三浦樗良

夏の太陽が今日も憎らしい程まぶしい。

けれども暦のうえではもう秋なのである。俳句においても例年八月七日、八日頃に位置づけられる立秋より立冬までの三ヶ月を三秋と呼んでいるが、俳句を始めたころはこの事が不思議で仕方がなかった。古い暦で数えることが現代生活のリズムとズレている――と感じたからだ。

けれども盆が終わった頃から感じる気配には、何故だか秋らしさが漂い出すのだ。それは藤原敏行が感じた、

秋来ぬと目にはさやかに見えねども風のおとにぞおどろかれぬる

という情感のとおりでもある。

サトウハチローのちいさい秋みつけた……という詩ではないが、秋がそろりと偵察に来ているのではないか――と思うこともある。

四季の情感あふれる日本だからこそ――の思いではあるが、巡りくる季節のことを故人は四時の序――とも呼んでいた。

もえさかるエネルギーを爆発させる春、今を盛りとする夏、盛りを過ぎ、やや下り坂にかかる秋、そして枯れた冬……。

そして四時の序はまた大自然の運行だけでなく、大自然の一員でもある人間の運命ともいえよう。どんな人間であっても逆らうことのできぬ老いを人はどう受けとめていけば良いのだろうか。

今年四十三になった我身はさしずめ盛夏に少しかげりがみえた頃か……？

蜩の声に少しセンチメンタルな気分になる。

けれども幕末の儒学者佐藤一斎はこんなことをいっている。

「少くして学べば壮にして成すあり　壮にして学べば老ひて衰えず、老ひて学べば死して朽ちず」

さて、衰えと闘えるように今日もしっかり心身をきたえることにしよう！

去るものは去りまた充ちて秋の空　飯田龍太

「七月いっぱいで店を閉めさせていただきます。」

家元に出仕する朝、いつも出会う菓子屋の主人からそう挨拶された。

突然のことで言葉を探しているうち、主人は準備していたように老齢のため身体が不自由になったこと、又後継者が不在であったことを簡単に告げた。

「長い間ありがとう……」と短い会話を交わした後も気持ちが整理できなかった。

けれどもこの突然のサヨナラはいかにもこの主人らしく妙に清々しい気もした。

出仕後、家元にその事を告げると、やはりため息をつきながら「仕方のないことだが……惜しいことやなア……」とこれ又言葉にならなかった。

橋屋は先代の頃より裏千家に出入りをはじめていたから、およそ八十年に余る長いつきあいであった。

京都の中京にあるおよそ店らしくない店構えは主人の生き様そのものであったし、その主人の手によって生み出される菓子は誠に控えめで茶席の菓子にふさわしかった。

正月のうぐいす餅、夏の調布、四季の山並みを写したやまみち等、どれもなじみ深く通好みの店ではあったが、子供から大人まで多くの人々に愛されていた。

だから出入りの一軒が廃業した……という以上の驚きで、数日はこの話題でもちきりであった。

橋屋の廃業によって……京都は又ひとつ小さな美しい宝物を永遠に失ったような気がする。

さて、どうしたものだろうか……。

静寂や果してありし秋の声　高浜年尾

人気ブランドの経営者K氏は、先程から日本の色について熱弁をふるっている。

「たとえば赤という色……単にレッドと呼んでほしくない。日本の色で表現してほしい……、昔から紅、紅をさすというでしょう?」

御説まことにごもっともであるから……ぼくはK氏の横でただウンウンとうなずくばかりなのであった。

さて、K氏の色に対するこだわりに限らず、このところ日本的あるいは伝統的なモノやコトに世間の注目が集まっている。

それはちょっとした〝和ブーム〟と呼ぶべきで、とりわけ雑貨、インテリア等に人気が高い。

こうした現象を引き起こしている背景には、見失ったモノやコトに対する反省や郷愁があると同時に、それは不安定感を増す社会において自己認識(アイデンティティ)の問題ともつながりそうなのである。

とはいえ一般消費者はそんなにムズカシク現象をとらえているわけではなく、成熟した社会に育った「良いモノは良い」という感性が〝和〟のオモシロサを改めて発見した――ということなのであろう。

ただしメキキができるベースは確実に失われているから、ブームがホンモノであるかにはいささか疑問が残る。

けれども決して悪いことではない。むしろ伝統の世界はチャンス到来ととらえ、いかにこのブームを利用するかを考えてみてほしい。

このブームをウワスベリに終わらせないために、伝統世界に住む一人ひとりが文化のナビゲーターとしての自覚を持つ必要がある。

そしてその成否は真の〝人間力〟に根ざすものであることは……言うまでもない。

しぐれつゝ大原女言葉かはしゆく　高浜虚子

少し時間がとれたので「日比野五鳳展」の会場へ足を伸ばしてみた。

幸運なことに会場には御子息の光鳳先生がおられ、大小百数十点の作品について、御説明をいただけたのである。

さて、作品は言うまでもなく「すばらしい」のひとことにつきた。

あるものは繊細流麗に、又あるものは豪放大胆に……そしてとりあげる題材も「古典」「短歌」「俳句」「ことわざ」等多彩で、存分に「五鳳世界」を堪能することができた。

そのうえ「かな文字」とばかり思っていた作品の中には、漢字のみ——で書かれたものも少なからずあり……五鳳師に抱いていたイメージはいい意味で変えざるを得なかった。

この点を尋ねてみると、五鳳師は確かにかな書を近代芸術に押しあげた方だが、決してかな書だけではなかったという。

そして、自らは「かな書家」ではなく「書家」とだけ名乗っておられたと聞き合点がいった。

存分な漢字の研鑽の上に花開いたかな書であるわけだから——ジャンルに押し込まれることを好まれなかったのかもしれない。

あるいは豊かな感性がジャンルを超えていたというべきであろう。

近頃はどの世界においても、細分化、専門化、ジャンル化が進み、世の中にスケール感がなくなり少し窮屈だ。

規格を治めつつ規格を超える—そうした人材こそ今求められているはずなのに……。

臆病な時代に生きている臆病な我々をながめてみる時……つくづく明治の人間の大きさを痛感せざるを得ない。

ナサケナイナァ……ガンバラナクテハ。

退け待ちて妻のあとより顔見世へ　鈴木花蓑

顔見世のまねきがあがった。

都人達はこれを見て洛中にもはじめて冬が到来したことを識るのである。

今年の目玉は八十助の襲名披露となる。坂東三津五郎の大名跡が復活したことはまことに嬉しい限りだが、さてこの不景気、果して興業の成績は……と少し気にかかる。けれども歌舞伎ファンのひとりとしては、顔見世を肴に一杯……というのも又この時期の楽しみのひとつといえよう。

そんな訳で先日なじみの女将と顔見世の話題と相成った。

話すほどに……飲むほどに……女将はどうやらおもしろくなさそうであった。今回は先述した如く襲名披露の狂言が並ぶから、三津五郎の家の芸、あるいは得意な演目がその中心にすえられる。その為女将が期待する華やかで胸のすくような荒事あるいはひときの感傷に浸れるなじみの世話物が並ぶといったバランスには欠けているようで……

それが少しばかり不満であったようだ。

そんなことを話しながら、人は何故劇場に足を運ぶのだろうかという思いがふとよぎった。

それはおそらく窮屈な日常を忘れ、ひと時の非日常に身も心もゆだねたいからであろう。

そして又茶室へもそんな思いをもった人達が多く来られているに違いない——と思った。

現在の大小の茶会のありかた、それにまで思いをめぐらせてみたとき……何故だか少し酔いが覚めたような気がした。

去年今年貫く棒の如きもの　高浜虚子

師走もなか頃になると「年末年始は海外ですか?」と尋ねられることがある。「トンデモナイ!」と応えた後、家元の年末から年始にかけての行事についてひと通りの説明をすることになる。

話し終えると先方は何か夢でもみているかのような表情で……「大変ですねェ」とつぶやかれる。

利休御祖堂からはじまる煤払い、餅つき、正月の飾りつけ、除夜釜、夜もあけきらぬうちにはじまる若水汲み……そして大福茶の行事は本当にあわただしい。正月の膳を皆で囲む頃になると……やっと毎年のように去年今年の実感が湧いてくる。

けれどもこうした様々な行事を決してツライ……とも嫌だ……とも思ったことは一度もない。それはおそらく――と理由をつづけようと思ったが、ここで……筆が止まった。そしてよく考えてみればみる程何故だか白々しい説明のように思えてならなかった。

それはおそらく……理由など存在しないからなのだろう。

決して使命感や義務感ではなくこうした行事をツトめることが、この家に生まれ、この家の空気を吸いつづけている――証のようなものだから……。あるいは、人は血に逆らえない――という言葉そのものであるのかもしれない。

ところで―薩摩苗代川に伝わる「オノリソ」という歌がある。

「オノリソ」は〝神祝歌〟というべきもので、旧暦八月十五日の満月の日廟前でまつり歌うものであるらしい。この韓語を訳された故司馬遼太郎氏によると、意味は次のようになるようだ。

来る日も来る日も毎日々々が　今日と変らない
日は暮るる日はのぼる　今日は今日いつの世も同じ

秀吉の朝鮮出兵で、捕えられ、以来四百年薩摩の地にある沈壽官氏をはじめとする方々が守って来たこの古い歌には感ずるところが多い。

いつの世も同じであった――はずはないだろうが、いつの世も同じ――と言い得ることが大事であるのかもしれない。我々がそうであったように……又父や先祖がそうであったように、我々の後に続く人達が伝統行事を空気を吸うごとくさりげなく、又楽しく受け継いでいってくれることを心から願いたい。

さて、今年も相変りませずの気持をもって日々新たに取り組んでいこう。

春浅し空また月をそだてそめ　久保田万太郎

初釜が終わった。

正直な気持を言うならば「ホッ」としている。

いや……あるいは「ホッ」というより半ば放心状態という方が正しいかもしれない。とはいえ気楽にはしておれない――初釜中にほったらかしにしておいた仕事が山積しているからだ。今もそうした雑務の中で、目を三角にしながらこの原稿用紙と格闘中なのである。

ところで、一般の方には初釜が終わって……何故こんな大ゲサな書き方をするのか――おわかりにならないであろう。そこで初釜の重労働!?　について少し誌面を借りて紹介したい。

我々が初釜において担当する場所は「濃茶席」といわれる式場だ。ここでは正親町天皇の御宸翰を掲げその前にめでたく結び柳を配した例年通りの飾りつけでお客様をお迎えをしている。ここ十年程は、金銀の重ね嶋台のうち家元が金を若宗匠が銀を担当される――という光景がおなじみとなっている。通常七日を初日に京都は十三日まで、移動日をはさみ東京が十六日より二十日までとなっている。この間一日平均十席のお客様をお迎えするのだ。点前の回数でいえば単純に計算してみても百二十回……真面目に考えれば気の遠くなりそうな話ではある。

さて、伊住は何を担当しているのか――といえば、濃茶席の半東を務めさせていただいている。この他に納屋の叔父・従弟の大谷・納屋の長男といったところがレギュラー陣であるが、ここに若宗匠の長男、次男が可能な限りお運びの手伝いに加わる。若宗匠の長女は——婦人方の手伝いに華を添えている。半東やお運び——といってもこれがばかにしたものではない。先述した通り、一日十席のお運びを担当するのだから結構な仕事量である。まずお菓子を運ぶ→菓子皿を持ち帰る→茶巾台を出す→金銀の茶碗を運ぶ→他の茶碗を運ぶ→茶巾台と茶碗を持ち帰る。書けばこれだけのことだが、一席中に数十回これを繰り返すと、一日数千歩となり、一日中屈伸運動をして歩き回っているに等しい。お陰で初釜が終わるころにはメデタク⁉　スリムな身体に変身してしまうのだ。

さて、自らの仕事ばかりに誌面を費やしたが、初釜や茶会にはこうした目にみえる仕事以外にも実に多くの裏方が役割を果している。そしてそれらの多くは本当に客の目にふれることは決してない。

けれどもどんな仕事であっても何ひとつ無駄ではなく、そのひとつひとつの働きが積み重なってこその一碗なのである。だからこそぼくにとっても半東の仕事は、（たかが半東かもしれないが）されど半東の心境なのである。

ぜんまいののの字ばかりの寂光土　川端茅舎

旧聞に属するかもしれないが……一月に急逝された田中一光さんの想い出を書きたいと思う。

一光さんといえば、知る人ぞ知るデザイン界の大御所で、その業績については今更ここで語るべくもない。

けれども簡潔に述べてしまえば、デザインという概念あるいは領域を限りなく社会に定着させた方である——といって間違いない。そしてその功績により先年国より文化功労者として顕彰されたばかりであった。

奈良に生を受け多感な青春時代を京都に過ごされたためであろうか……一光さんの伝統への興味と日本美への確かな視点は、いかなる表現をされていても、まことにゆるぎないものであったように思う。

文化のアイデンティティが揺らいでいる今日、伝統と現代をつなぐ一光さんの存在は大切であり、それ故にまた稀有であった。

今となっては取り返しがつかないが……かえすがえす残念でならない。

ぼくと一光さんの出会いは、今から十数年前にさかのぼる。友人の陶芸家大樋年雄君の強いすすめで、ちっぽけな仕事を依頼したことに始まる。

最初に出会った印象は決して良くなかった（ゴメンナサイ！）。というのも……ニコリともせずあらわれた一光さんに開口一番「できるかどうかわからないョ…まあ話を聞きますが……」と言われ、大汗をかいた記憶があるからだ……寡黙で怖い人であった。けれどもそれがシャイで繊細、真面目な性格によるところとわかり、二回目以降はすっかり打ち解けることができた。そして若い頃に淡交社の出版物を数多く手掛けておられたこともわかり（早く言ってほしかったナァ）、御縁の深さを改めて感じたものであった。

本当のお付き合いが深まったのは、山荘で開かれたワインパーティーに招かれた時からだった。

退屈まぎれに始めた即興茶会が、一光さんのクリエイティブマインドを大いに刺激したらしく大いにお気に召した。その後、この時に集まったメンバーを中心に、クリエイティブ茶会「茶美会・然」を開催するに到った。

この茶会は、伝統と現代の出会いをテーマに、現在まで様々な形で継承され続けるのである。

こうしたことをきっかけに茶道の稽古にも取り組まれ、自宅の一部を改装し、〝窓庵〟も誕生した。

亡くなるまでの十年の間には二十回以上の茶会を催され、心の底からお茶を楽しんでおられるようであった。

だから、この三月からニューヨークで始まった「ザ・ニューウェイオブティ」の開催をだれよりも心待ちにし、亡くなるその夜までデザインされた茶室と図録のことを気にしておられたと聞いている。

できることも限られているが、何とか良い展覧会にして、一光さんへのお供養にしたい……と思っている。

けれども本音をいえば、何故だか今でも展覧会にひょっこり来てくれそうな気がしてならないのだけれども……。

駆ける子ら菜の花明り満面に　浅井青陽子

三月十日京都で開催されたシティハーフマラソンに参加をした。

一〇キロメートル玉砕！　を目標とした昨年とは違い、今年は未踏の距離への挑戦となった。

ともあれ、潔く結果を述べることにしよう。

実は十八・六キロメートル地点に設定された最終関門にひっかかり完走は果せなかった。

制限時間に対して五秒か十秒の差であったが、わかっていても足はもう動かなかった。

長いようで短い一時間四十六分の戦いは、あっけなく終了した。

清々しいというよりも疲労困憊の態であった。

さて、……リタイヤ組が護送されるバスの中で隣に座ったおばちゃんとアレコレと話しているうちに思ったことがある。それは、「俺もオバチャンもなんでこんなシンドイことをしているのか……」ということだった。

考えてみればおかしな話ではある。元々は健康の為に少しずつ走り出していたけれど、それはレースに出る為ではなかった。

シティハーフに参加したのも友人から誘われたからにすぎない。誰に頼まれた訳でもなく、仕事でもないことに知らず知らず熱中していった自分がいた……。

何だかそう考えるほどに少しはずかしいような気持ちになった。実は走っている最中にもそんなことを考えていた。走る義務はない！　やめよう、歩け、歩けば楽になる……と言い続けている自分と……でも走るところまで走れ、ベストを尽くせ……と呼びかけている自分がいた。

心の葛藤はあったが、結局何故だか走り続けたのだった。好きだったから走り続けた？　自分に負けたくなかった？　なにかどれもカッコ良すぎるセリフのように思えてならない。

結果はともかく……でもわかったことがひとつだけある。走り続けた自分のことを昨日より好きになっていた――ということ……果して来年も走っているのかな？

大いなる新樹のどこか騒ぎをり　高浜虚子

初夏の陽射しが目にまぶしく、野山の緑が美しい季節になってきた。

五月！　何と清々しい響きであろうか。けれども今年は思いがけず桜が早く季節のうつろいも少しあわただしい。

本来なら新緑の初々しさを楽しむ頃だが、立派に成長した青葉が既にたくましい。それもこれも地球温暖化現象のせいであろうか——と考えてしまうのは科学オンチのせいに違いない。

何かのせいといえば、こうした自然現象のいたずらで影響を受けるのは、農業だけではない。観光都市と名乗る京都も、少なからず影響を受けているようだ。聞くところによると、桜の盛りが三月であった為、四月に入っていた予約が前倒しになり、ホテルのキャンセルも相次いだという。桜に関したイベントも随分混乱したようだ。

気まぐれなのはどうやら季節だけではないらしい。

しかしながら、京都は四季を通じて美しい。年間を通して祭や行事も多い為、影響を心配するほどではないかもしれない。それにも増して、今京都は、観光客をさらに受け入れるべく努力を続けている。

そのあらわれとして生まれてきたのが「おこしやす京都」である。

これは簡単にいってしまえば、観光都市京都の〝もてなす心〟を広げる運動体といえよう。

タレントとしても有名な市田ひろみ委員長を中心にこれまで数多くの活動をおこなってきている。

先日久し振りにこの会議に出席したところ、ある委員から実に本質的な意見が出た。

それは、行事をつくり出すことばかりが観光ではなく、観光都市を支える市民の暮らしや心が豊かでなければならない——ということだった。

確かにその通りで、何の異論もなかった。

それでもあたらしい観光施策はつくり続けられている。その一方で、それを支えていく市の財政的基盤は、不況も重なり逼迫しているようだ。又それらの観光策を支える人材や受け入れる団体も限られているように思う。

行事をすれば確かに人出は多くなるが、それを支える人達がまさに行事ヅカレをしてしまう可能性もあり、豊かな心を育てる状況はますます生まれにくい。

耶律楚材の言葉ではないが、「一事を生やすは一事を省くにしかず」を肝に銘ずる時であるかもしれない。

そんな事を考えている時にふと気がついたのが、堀川通りのいちょう並木のことである。

このいちょう並木は毎年新緑の芽吹から秋の本番まで充分に目や心を楽しませてくれている。

そのいちょうがある日、かわいそうなぐらい切り落とされていた。

これは何事か――と問い合わせてみたところ、どうやら街路樹のメンテナンス予算のカットに問題がありそうだった。

事情は理解できるが、こういう事を省く対象にすることは、決して豊かな心を育む環境につながらない。

山紫水明といわれる美しい風景を維持していくことこそ京都がすべき観光の基本ではないのだろうか――。

企てることばかりに気をうばわれてはいけない。

花開けば蝶自ら来る――あらためてそう思わずにおれないこの頃である。

近づくだけ吾に近づき蛍過ぐ　山口誓子

衆愚という言葉を耳にしたのは——もう十年以上前のことであった。

その頃から政治の世界の混乱は始まっていたが、何かが改善された気配は残念ながらない。

景気の動向をみても底を打つ感触は薄いが政界の底は深そうでまだ見えてはいない。

これだけ長く混乱が続いていながら政界が与野党共に自浄能力を持っていないというのは如何なものであろうか……。

そもそも政界は「ムラ」の理論で成立している社会だから、その閉鎖性、特殊性は今に始まった事ではない。又それを支える官僚主義も同様であることは明らかなのである。だから今を問うなら過去も問われなければならないのだ。けれどももっと深刻な問題は、その閉鎖性を結果支えている民主主義の基盤にもありはしないだろうか？

ほとんどの大衆といわれるこうした基盤の多くはスポーツやファッション、芸能ニュースといったエンターテインメントにばかり目が向いている。

そのためすべての判断が流行現象をとらえるようでもある。

もちろんそうしたトレンドをつくりだすマスコミの視聴率主義にも責任はある。

その昔TVの普及に警鐘を鳴らした大宅壮一氏の「一億総白痴化時代」（言葉は悪いけど）の予言は残念ながら当を得た――といえそうだ。

この国に住む人々は蛍狩りのはやし詞ではないが、甘い水ばかりに誘われて苦い水を飲むことを忘れてしまったようでもある。

上から下まで、これ以上の衆愚化はどこかで止めねばならない――と思っているのは、果してぼくひとりなのだろうか？

隣席の汗の男をうとみみる　坊城としあつ

賀茂川と高野川が出合うあたりに、出町柳という場所がある。

合流した川はここより鴨川と名を改める。ここはちょうど叡山電鉄の駅でもあり又京阪電鉄の大阪行きの起点になるため、小さいながらも往来には活気がある。

そのせいでもあろうか――周辺における無神経な自転車やバイクの不法駐車も目に余

る。

先日たまたま子供の帰りを待つ間そこで何とも凄まじい光景を目のあたりにした。短く刈り上げたたくましい男があらわれると、商店街にあふれていた自転車を一台頭上に高々と掲げそして植込みのところへ放り投げだした。

その掲げ方はまさにリフトアップとでもいうべきで思わず見惚れる程であった。投げ方で彼の怒りが尋常ではないことはひと目でわかった。一台、又一台と放り投げる様は……まさにちぎっては投げちぎっては投げると言うにふさわしく、眺めているうちにぼくはその男に出町のヘラクレスというニックネームを進呈したぐらいである。

その場にあった自転車という自転車はおよそ十分の間にすべて山積みとなり、植木を埋めつくしてしまった。まあ……自転車の持ち主は迷惑だったろうが、一番の被害者（？）は植込みの植木だったに違いない……。

ともあれ、ヘラクレス氏はそれを済ますと、ぐいぐいと汗をぬぐい、そして商店街の中へ立ち去っていった。

ヘラクレス氏のとった行動は決してほめられたものではない。けれどもきっと彼をそこまで駆り立てたであろう——プロセスがあったに違いない。

歩道であれ車道であれ横断歩道であれ、近頃の自転車のマナーの悪さは目に余る。ヘラクレス氏のみならず怒鳴りたくなることもある。

くそ真面目に言うことではないが、最低限のマナーは大切だ。そしてそれがあるからこそ世の中には秩序がうまれるのである。

それが守れないのであるならば……そろそろ自転車にも免許を！　というべきかもしれない。

新涼の身にそふ灯影ありにけり　久保田万太郎

近頃の若者は……ものを考えなくなった——といわれて久しい。

もっとも……近頃の若者というフレーズは古代の遺跡の中からでも発見できるので近頃生まれたことではない。

確かに若者は、何かと忙しい。音楽を聞きながら歩き四六時中メールを打つ。それ故何かを考えるという時間はあまり無さそうだ。

けれどもそれは若者だけの現象なのだろうか？

実は考えない——ということは大人も含めた現代社会そのものが抱えている現象である。

情報過多の時代にあって本当に我々は何かをじっくりと考えているのだろうか？

そう考えると個人個人の情報編集能力を今一度問いなおさなければならない。

〝口耳四寸の学〟という教えがある。これをかみくだいて言えば、「ちょい聞きの又聞きの知ったか振り」ということになる。

これは考える——ということではもちろんない。

考える——ということは情報を自分なりの言葉に置き換えるということでもある。

かく言うものの、ぼくも俳句をはじめてから言葉の重み、表現の大切さを一層痛感するようになった。

なにせ十七文字という限られた枠組みの中に言葉や想いを込めるのである——これは考えずにはおられない。

天啓の如くさらりと言葉が舞い降りることもあるが、それは稀で……大抵は一語一文字の取り合わせを推敲するのである。

そのためはじめから句にならぬものも多いがそれでも決してあせってはいけない。

試行錯誤のうえにふとした出合いがあり句を成すことが多いからだ。

だから考える——ということは情報を寝かしたり起こしたりするプロセスに他ならない。

情報を消費する時代は終った。

思いがあらわれるのを待つことこそ現代人が忘れてしまった楽しみ（考えること）ではないだろうか。

ことごとを心に刻み秋扇　中村汀女

青年部のサマーコンファレンスがまもなく開催という頃、突然体調に変化が生じた。

当初は多忙が重なり疲れがたまりすぎたのか——とも思ったが、どうもそうではなさそうだった。

自分なりに良くチェックしてみると、右のわき腹から背中にかけて〝張った〟感覚がある。

病気にくわしい兄や知人にたずねてみると——それはどうやら胆石ではないだろうか

――ということがおぼろげながら判明した。

四十四年間病気らしい病気もせず生活をしてきたため、ショックは隠せなかった。それでも講演やサマコン等引き受けている仕事に穴をあけるわけにはいかなかった。内心びくびくしながら過ごしていたが、昼の間は比較的おとなしくしてくれているので助かった。

ところが……不思議なもので、夜の食事から就寝の時間までがイケナイ。胃のあたり背中のあたりにじんわりどんよりと存在する重みに耐えられない。上を向いて寝ても左右を向いてみてもツラク、寝ていることができなかった。まさにボクシングでいうところのボディーブロー的攻撃が休息の時間におこることもあり、すっかり体力を奪われるようだった。知人が届けてくれた健康雑誌に目を通してみると――まさにこうした症状は胆石に他ならぬものであった。

胆石ができやすいタイプは四十代・女性・太っている・健康な人で、この「4F」に該当する人は注意と書かれていたが、この点はもう少し早く知るべきであったかもしれない。

ともあれ早速手術の手配をお願いし摘出を決めた。

だからこの号がお手許に届く頃には……もうすっかり元気になっているに違いない。

九月には祖母の遠忌もやってくる。

この事をもって健康を顧みず走り続けてきた警鐘と受け止めることにしたい。

これからは心にも身体にも少し親切にしてやることにしよう。

入院の四角な窓を鳥渡る　高浜年尾

病気に関する仕事に携わっている方々には悪いが、病院生活の紋切形のシステムが実は好きになれない。

病院生活のシステムは、血圧のチェック、体温チェックにはじまる。そして食欲はあるか？　食事はどれくらい食べた？　便通は良いか？……と日に何度も先生や看護婦さんにチェックされるのである。実はそれだけで既に気も心も滅入る。その上、うまいとは言い難い食事とあっては、逆にだんだんエネルギーを吸いとられ益々病が深まっているような気分にもなるからだ。

もちろん病院も努力をしているのだろうが……何故病院の生活がこんなに素っ気なく

思えるのか――ということが気になりだした。

それはまずコミュニケーションのあり方に問題がありそうだ。病院の会話は理に叶った安全で確実な内容に絞り込んでいるせいで実に味気ない。

けれども実際患者が欲しいのはもっと豊かな会話のはずだ。その会話で随分心持ちが変わる。

たとえば気分転換に――と人にすすめられ通っている酵素風呂の先生との会話はもっと豊かなのである。

きびしいけれど愛情にあふれる言葉は力強く「今日は元気な顔色だ」「日に日に回復してるゾ」「今日は肌が元気ダネ」等とプラス発想の会話で激励をしてもらえる。

比較して悪いが、これはあきらかに会話の質が違う。人間にとって必要不可欠なのは合理的な手続き上の会話ではなく、情のある会話、心からの会話なのだ。人間に活力を生むのは、まず豊かな心の会話だとその時思った。

病は様々なものによってつくられるが、又病を解決していく〝鍵〟にも様々な要素があるように思えてならない。そして何より治療という術だけでは人は治せない。それと共に心のケアが同等のバランスで成り立っていなければ、人は治らないのではないだろうか——と思った。技と心のバランスはなにも医の世界ばかりでない——茶の世界に住む人達の心得も又同様なのである。

瀬の音のいつか時雨るゝ音なりし　稲畑汀子

小さな営みから大きな世界の構造がみえた——という少し悲しいお話を……ひとつ……。

先月号にも書いた酵素風呂が……実はその小さな営み、その場所なのである。

そこから何が見えたのか—の前に、まず酵素風呂とは何ぞや!?　という説明をしなければ話がうまくいかないだろう。

酵素風呂は簡単に言ってしまえば、おがくずにぬかや酵素を程よくブレンドしたモノを言う。

およそ十五分間この熱さに包まれる中で、内面からの免疫力や治癒力を高めるのである。

さて、何回か通ううちにその主宰者である先生が、突然ぼくに向かってとんでもないことを言われたことから話ははじまった。

それは、おがくずを購入していた製材所が廃業したためまもなくそれが手に入らなくなる……そうすると当然のことながらこの風呂も運営できなくなる……ついては君のルートでおがくずが手に入らないか!? ということであった。

何はともあれとても大事なことを突然託されたのだ。早速手配をした。

結果は、やっと探し回って京都に残る数少ない製材所でそれは確保できることになった。

酵素風呂の危機は当面救えたのである。けれども実際に回避できていない大きな危機がそこには残っていた。

それはすでに材木を扱う商売が世の中で成立していないという事実であった。

この危機はその業界の危機だけではなく、木造家屋の維持技術の衰退や伝統文化を伝承する空間、環境が再生しにくい程破壊が進行しているという事実なのである。

そうすると木や紙が作り上げてきた日本人の美しい暮らしは、これからどうなっていくのだろうか?

その中で培われてきた美しい言葉や表現、知恵は本当に継承できるのだろうか? といった疑問であった。

おがくず風呂という小さな世界から垣間見えた日本社会の構造は、実は相当危機管理を要する命題なのである。

都鳥水汚れたる世となりし　岡安仁義

近頃都会に異変がおこっている！　という話を耳にする時、この夏最も話題をさらったゾウアザラシのタマちゃんフィーバーを想い出さない人はいないだろう。

タマちゃんに限らず、何故だか自然界からの珍入者（動物）の話題には事欠かない。

自然界の構造がどうゆがみ、どう変化してきているかは定かではないが、これまでの常識からいえばこれは尋常なことではない。

けれどもよく考えてみると、尋常ではない風景は何も今に始まったことではないのだ。

たとえば、あの繁殖力が強く憎らしい程賢い都会のカラス達の乱行にしても、どうも人間の優しさとルーズさにつけ込んできているような気がしてならないからだ。

カラスに比べるとやや飼いならされた感が強いハトやスズメ等にいたっては、人間社会に慣れ親しみすぎている。

車を運転していて思うことだが、ともかくこうした人に近いところにいるハトやスズメ等は車が近づいてもなかなか飛び立とうとはしない。

そのため時には逃げ遅れて車に体当たりするモノまであらわれるとなると……これは人間社会との距離感がやや罪をつくっているように感じられてならない。

本来は恐怖感が先立つため、人間社会のモノやコトとは距離を置くというのが、自然界に住むモノにとっての本能のようなものだろう。

けれど都会に近く住む動物達は、この本能を放棄しはじめているような気がするのだ。

この本能喪失は、実は動物にとって実に大切なものを失くしていることにならないだろうか？

今日も鴨川に来てみると、トンビやサギに名前をつけて家族の如くエヅケしている妙なおじさんを見つけた。

飼いならすことは果してよいことか悪いことか——ここでは断定しにくいが、自然界のモノ達とのつきあいを改めて考え直してみる時期に来ているのは間違いない事実であろう。

第四章

これがお勧め！

読んでほしい　一押しの本

ぼくは、こう見えても、随分本を買うことと——読むことを愛している人間なのです。ヒマ——と金があればそれこそすぐに本屋に飛びこみます。それ故、今まで自分が買い求めた本には一ヶ所でも一言でも気にいったところがあれば、ぼくのお気に入り—というこことになります。

『星の王子さま』

だからその中で——とりわけこの一冊という選択はとてもツライものですが、一番長くつきあっているということで言うと、あのサン・テグジュペリの『星の王子さま』ということになります。今更この本の読書感想文をみなさんにご披露するつもりはありませんが、子供の頃、それなりに美しい話として心に残り、大人になって読み直すと、さらに美しい中にある、きびしさ、はげしさを感じるというオモシロサがあります。おそらくこれを読むのと同じに他の作品（ぼくは今『人間の土地』を読んでいますが——）を重ねて読まれることをおススメします。

西も東もなく、人間の精神は共有できるんだということを再認識できると思います。

『貞観政要』

『貞観政要』という本がある。

名君の誉れ高い唐の太宗とそれを補佐した人達との政治問答集といった方がわかりやすい。

古典というものは時代の風習を経ても、なおゆるぎなく人の心に訴えるものがあるが、この『貞観政要』も、帝王学の書として永らく愛読されている。

この一冊というとき『論語』をあげられるトップは多い。

ぼくも論語は大好きな一冊だけれども、論語と同じくらいこの本も大切にしている。中でも有名なくだり、創業と守成の問答は勿論何度よみ返しても飽きがこない。

この内容をいちいち説明するほど紙面がないのは残念だが、自らの会社、我々の国におきかえて読み考えていただくことをおススメする。

京都で看山会という古典を核とした勉強会がある。そこでは藤本光城先生を囲み、声をそろえて本を読み、さまざまなことを学んでいる。

古典を読む秘訣は読書百遍意自ら通ず――であせらないことそして声を出して読むこと――だとぼくは思う。

『日本の喜劇人』

寅さんコト渥美清が亡くなった。

追悼番組やら追悼記事も国民栄誉賞の受賞で一段落した感じだが、存じあげない方の事は多くは語るまい――と思うが浅草のにおいをもった、喜劇役者がまた一人消えていった事実は改めて認めなければならない。

亡くなった方の事を悔やんでも仕方ないが、今後松竹が寅さんに変わるサラリーマン路線はアタルだろうか？　とか、寅さん一家はどうなっていくのか？　といった下世話な興味を覚えながら、旅先の有線で、寅さんシリーズの最新作をすっかり見てしまった。

さて、寅さんの話が主題ではないが、お笑い好きのぼくのお気に入りに中原弓彦氏の『日本の喜劇人』という本がある。中原氏は現在小林信彦名で活躍されているが、この中に渥美清の章があり、なかなかスルドイ観察をされている。

他にいろいろなナツカシイ名前も登場するが、少しほっこりしたい時には、この本を手にする。あわせて『世界の喜劇人』もおススメしたい。

『茶の本』と『花伝書』

文化といえば茶と花といわれるように、両者が日本文化を代表する存在であることは間違いない。

というわけで、今回はこの二冊をとりあげてみたい。

『茶の本』は岡倉天心、『花伝書』は世阿弥と時代も環境も違っているけれども、どちらも古典としては画期的なものだ。

前者は明治時代にボストンにおいて英語で書かれたもので、文明圏において出された日本文化論のさきがけで、茶のもつ多様な可能性が簡潔にではあるが美しく豊かな表現とともに語られている。そして又、天心の東洋文化圏に対する、ナショナリスティックな情熱が伝わってくるのはおもしろい。

一方の『花伝書』は一般には芸能論としてみられているがこれに限らず世阿弥の著作をひもとくとたぐいまれな思想家、心理学者そして何より芸における生存競争にいかに勝ち残るか——というきびしい戦術論、ある意味マーケティング論的側面もある。違った角度でこの二冊を読みこまれることをおススメしたい。

『字通』『字統』『字訓』

本日ご紹介するのは白川静先生の話題の三部作。『字通』『字統』『字訓』。

ぼくは元々漢字が大好きで（の割りに誤字が多い）、以前姓名判断にはまったのもこの漢字が好きだったから――といえなくもない。

昨今、日本のアイデンティティ論が花盛りで、日本人のルーツやら日本文化の源流探し等に興味は尽きないが、この何げなく使っている文字という存在もあなどれない。

ハングル文字や中国の漢字をみていると、どんどん合理的に処理されていっているようだが、当然、現在我々が使っている漢字も旧字体というのが通用しなくなってきた。

私事で恐縮だが、当家の次男坊の名前を旧字体の禮次朗で届けたところ受けつけてもらえず、涙をのんで礼次朗としたものの、通称を旧字体使用で頑張っている。

画数が多いので子供にはいやがられるだろうが、ここのところはコダわってみたい。字には成り立った原初の意味があるのだから、略してしまったり、使い方を変えては失禮というものだろう――と思う。

この辺りの漢字の変遷を白川先生はそのほとんど一生をつぎこんでおられるのだから感服する。

余談ながら先日新聞にて先生のご尊顔を拝する機会に恵まれたが、明治人の気骨と透明な精神でできあがった誠にご立派なお顔だちであった。

くどくどした解説は不要だろう…。

せめて自分の姓名の成り立ちぐらいでも知っておくべし！　ということでちょっとお高いおススメになった。

でも一人の人間の一生がかかっているんだから、値段の事はよしましょう！

『柿の種』

物理学者で随筆の名手として識られた、寺田寅彦の事をぼくは良く識らない。なにしろ亡くなって六十年もたつのだから当然のことではある……。

時代も移り変わり、時代も進歩しているのにこの随筆はどうだろう！　古臭さというものが感じられないのだ。

不易流行という言葉があるけれども、本質に根ざした考えやコトバは力強い。

特にこの随筆は、身近な事象に注目しつづけた人だけに科学に興味のない方にもおススメをしたい。

全編は短くて二行、長くても二ページという極めて短い文章でつづられているけれども、一気に読むことはできない。

「なるべく心の忙しくない、ゆっくりした余裕のある時に、一筋ずつ間をおいて読んでもらいたい」と著者が語るように、立ちどまり、考えさせられる。今どきのエッセイにはみられない珠玉のショートエッセンスである。

『むかしの味』

およそ小説といった類のものは苦手で、めったに読むことはない――だから池波正太郎のファン――というわけではないのだが――何のきっかけでかは忘れたが氏の食に関するエッセイをふと手にしてしまった。

『むかしの味』という小さな読み物は、絵、文ともに池波正太郎その人の手によるものだ。

おそらくは、『むかしの味』というタイトルにひかれたかもしれない。

洋食屋の「たいめいけん」からはじまり、氏の子供の頃に自らもその屋台のオリジナルメニューを開発したどんどん焼、各地のお気に入りの店、味は、すべて氏の中の様々な記憶とつながっているから、むかしの味は記憶の味ということにもなる。

『むかしの味』の中に出てくる店の中で、特にぼくの記憶ともつながるのは、今は無くなった京都三条の「松寿し」があげられるが脱線している紙面はない。

さて、ぼくは今、ひまを見つけてはこの本の味めぐりを楽しんでいるわけだが、気がつくとお目にかかったことはない池波氏の姿を店内で捜しているときもある。本の力とは……おそろしいものだと……思う。

『吉田光邦評論集』全Ⅲ巻

Ⅰ「芸術の解析」、Ⅱ「文化の手法」、Ⅲ「文明の基軸」からなる評論集を今回はご紹介したい。

吉田光邦先生が亡くなられてから、早いもので六年の歳月が過ぎ去っている。

この評論集を愛読していたにもかかわらず、生前ついに一度もお話をする機会を得なかった。

今思い返してみても、かえす、がえす残念至極だが、その分、この本を大切に思い、折にふしてひもといている。

吉田先生については、追想の文集──「両洋の人」にくわしいけれども、確かにその博識ぶりは比類なき程で、その存在は、空前絶後とたとえてもおかしくはない。西洋に強く東洋に強いそのうえ自然科学に強く、人文科学に強い、文字通り、オールラウンドプレーヤーの超人としかいいようがない。

時代の混乱がつづき、不透明な今日、吉田先生のような学際、超際的な視点は益々必要となってきている。この本にじっくりと取り組まれることをおススメしたい。

『パパラギ』

今から十五、六年前、兄が熱心に読んでいる本があった。普段から手にしている、トーマス・マンやブラッドベリでもないその本のタイトルを尋ねたら、少しめんどくさそうに「パパラギ」と答えたのをおぼえている。

「おもしろい?」とたずねたら「ふん」と一言、「読み終わったら貸したるワ」と言われてそのままになっていた。

気になりながら数年がすぎた頃、本屋でみつけたので早速買い求めたもののすっかり忘れていた。

最近改めて読んでみたところ、何とも不思議で魅力的な本ではないか！

パパラギという謎の響きは、主に白人やヨーロッパ文明をさしている。中身は本のサブタイトルにもあるように、はじめて文明をみた南海の酋長ツイアビの演説集だ。

紙面の都合でその一文だけここで紹介しよう。

「サモア人のだれも、パパラギのだれでさえ、いまだかつて一本のヤシの木、ひと枝のカバの木さえ作ったことはない。」

全文この調子のスルドイ言葉が並んでいる。

皆さんは、ツイアビが語った二十世紀初頭のメッセージを今、どう受けとめる？


『神の微笑』・『神の慈愛』・『神の計画』


♪このこの世に神さまが~本当にいるなら……♪と、どなたかが昔日にうたわれていた事を想い出し、今回は神さまとの出会いについて——。

芹沢光治良氏——といえば、高名な作家であり、且つ極めて長命のうちに天寿を全うされた方であった。

友人のFと神様について話をするうちにススめられたのがここにご紹介する『神の微

笑』『神の慈愛』『神の計画』という三部作である。

人は、長い人生の中で一度は至高の体験というものをするのだろうが、それに気がつかないまま時を過ごしている場合もままある。

芹沢氏はこの至高の体験を一見小説風に書き下ろしてはいるけれども書かれていることは、小説ではなく大説であり、又哲学の書といえるかもしれない。

あるいは――幸福に生きる為の指南書ともいえよう。

もっと具体的に神の声を聞きたい人には、ニール・ドナルドウォルシュの『神との対話』も、オモシロイ。

たまには――違う角度から自分をながめてみよう。

『サンタのおもちゃ工場』

今回ご紹介するのは絵本です。

絵本といってもばかにしてはいけません！

大人が読んでも充分におもしろい作家というのはいるものです。

たとえば、中川季枝子さんのシリーズはあまりにも有名ですが、ぼくは今でも子供のときにもらった、「いやいやえん」を大事にもっています。

たむらしげる——もそんな手放せない作家のひとりなのですが、実のところ、子供に買ってやった本なのにまんまとたむらワールドにはまってしまいました。

ですから今では、たむら絵本は、気分転換に欠かせない大事な大事な存在というわけです。サンタのおもちゃ工場は、やはりクリスマスの頃に本棚から取り出したくなるのですが、話はいたって簡単。

ルネくんがサンタからの手紙で、ゆきだるまをつくりに行きます。

不思議なことに、このゆきだるま達は、サンタの号令一下、動き出し、あっという間におもちゃ工場をつくりあげてゆくのです。

今時の子供は、こんな話をしても喜ばないかもしれませんが、ファンタジーとロマンあふれる絵がストーリー以上のメッセージをあたえてくれます。

右をむいても左をむいても、せちがらい世の中です。せめてひと時、身も心も空っぽにできる世界があってもいいんじゃないでしょうか?

『現代メディア史』

実は今回ご紹介する本は先日ある勉強会の教材として使われたものです。運悪く？　事前にこの本を読み発言する機会を与えられたのですが、力作のわりには、思ったより読み易く新幹線の移動中に読むことができました。

著者である佐藤卓巳氏は現在同志社大学の助教授として活躍中で本書は主に大学院での講義用テキストとして使われているそうです。

まずメディアの定義・メディアのとらえ方があざやかにまとめられており、メディアという便利な言葉がいかに多様なものであるかについて、納得させられます。

後半はドイツ・アメリカ・イギリス・日本、それぞれの国民国家の歴史とともに、メディアが、どんな役割を果してきたのか？　についてまとめられており、メディア史としても、メディア論としても両面からながめることができるようになっています。

今大きな存在として我々のまわりにある新聞・雑誌・テレビ・ラジオｅｔｃといったメディアは果してこれまでどんな役割を果してきたのでしょうか？

そしてこれからどんな役割を果すのでしょうか？

その答えにつながるヒントは……この本の中に少し隠されていますが、それは相当読みこんでみないと…わからないかもしれません。

これをあげたい　お勧めの味

一月　行事に始まり、初釜に暮れる

年末年始のあわただしい行事をこなしながら、新しい年を迎える。

「お忙しいんでしょうネェ……」とさかんに同情を集めるけれども……それでもこれまでイヤダと思ったことは一度もない。

イヤダと思うより……何しろ生まれてからこの方、正月は家の行事で過ごすより他は知らないのだからコメントの出しようがない。

年末年始のあわただしさをスケジュールにするとおよそ次の通り。

十二月二十九日は大掃除、三十日餅つき、三十一日朝から正月飾りの飾りつけ、そして夜は除夜釜、明けて一月一日は朝五時半頃より、新年はじめての茶である大福茶をいただく。それが済めば白みそ雑煮で膳を祝う。ちなみに当家では二日目は仙台風、三日

目は東京風の雑煮を祝う。しばらくして初詣、初詣から戻れば年賀客の対応……となる。およそこんな調子で三日間はまたたく間に過ぎ去る。

寝不足のうえともかく忙しいけれど、新年という緊張感が漂っているせいだろうか……例年何とか乗り切って行けるのである。

こうしたスケジュールはおよそ寝正月とは縁遠いがまさに日本の正月……がここにある。

利休の時代の《ふのやき》

この時期は年始のお客様も多いので当然のことながら頂戴するものも多くなる――けれども以前書いたように手みやげはもらいっぱなし……という訳にもいかないのが世の常だ。そこで我が家の定番とも言うべきお手みやげが登場するのである。

手みやげの筆頭は《ふのやき》という味噌せんべいである。これは亡くなった母が利休の時代の菓子……ふのやきに思いを寄せてつくらせたものだ。

ものの本によると本来のふのやきは……いわばみそをつけて巻いたクレープのようなものであった……らしい。が……この際そんな史実より、思いをこと寄せたことの方が大事なのだと思う。

ふのやきは、実際クレープ状のものより、このみそ風味のせんべいの方がうんとうまい。自画自賛ではなくあきのこない味つけは……さすがに母が何度も味見をしただけのことはある。

どこでも買えないため……ふのやきの手みやげは喜んでいただけるものの筆頭であろう。

これ以外にも折々登場するのが「ぎぼし」の《吹よせ》だろうか……。

ぎぼしは四条柳馬場という中心街のなかにひっそりと控え目に店を構えている。本来は昆布の店だが、入ってみると今はこの《吹よせ》が店の中心商品のようでもある。

ここの吹き寄せは、あられ、海老煎餅、豆、細工こんぶなど約二十種ばかりを混ぜ合わせたものだ。ていねいで上品な包み紙を解き箱のふたをあけると――昆布の香りが実に刺激的である。

その上なにしろ二十種の吹き寄せなのだから、さてどれから食べようかと……誠に悩ましいのだ。

この「ぎぼし」に匹敵する吹き寄せが、実はお江戸にもある。

それは神楽坂にある「珍味堂」のもので、基本的な中身は変わらないのだが、こちらの方があられの種類がバラエティに富んでいる。「ぎぼし」が上品の方を追うならばこちらは江戸の野趣っぽさが特徴かもしれない。

同じ吹き寄せであってもいささか趣が違うのだから、これに甲乙はつけ難い。

けれども頂戴するという点においては京都に住む我々にとってやはり江戸のものを頂戴する方が今でも何だかウレシクなるものだ。

初釜にありがたい水屋見舞

ところで……三ヶ日が終わったからといって正月が終わりではない。ほっとする間もなく七日からは初釜が始まるからだ。

七日から京都で始まる初釜は十六日から東京に拠点を移して続けられる。だから一月は正月行事に始まり初釜に暮れるのである。

さて、この間随分いろいろな水屋見舞（お茶の世界でいう楽屋見舞のこと）を頂戴するが、やはり何といっても、寿司の差し入れは人気が高い。その次はサンドイッチのようなものが……。

けれども個性的な――という意味において、また手軽に食べられる……という点においても東京にある「ふくべ」という店のおにぎりはなかなかのものである。おにぎりであるから……中身はうめやさけ、あるいは肉のしぐれ煮……などでとびっきり珍しいものではない……。とはいえ味はいずれも平均点以上だし、銀紙に包まれたカタチも良く、また小ぶりなサイズであることもウレシイ。

なにせ初釜中の昼食はあわただしく、ほとんど腰掛けてゆっくり食べる――などという雰囲気はない――いわば戦場で食事をとるようなものだから、はしを使わず、手早く食べられる方が良いのだ。

そういう点において普段はあまり口にしない笹巻寿司のようなものもありがたい。限られた時間の中とはいえ食べることが唯一の息抜きであり、また楽しみでもある……だから初釜中のウレシイ差し入れのネタはまだまだ尽きない。

けれどもそれらを書くには紙面があまりにも少なすぎる！　と言わざるを得ない。残念ながら今回はここで筆を置くが……この続きは……いずれまた……別の機会に！

二月　菓銘に込められた作り手の想い

二月のある朝、美しい菓子が届いた。

いつもの習慣で、菓銘をたずねてみたところ、銘は特に無く、ただ「梅」と聞いた——という。

大抵の京菓子には詩情あふれる銘がついているが、「梅」というのみの響きはいかにも物足らず、また、少し意外であった。

けれどもTという菓子屋から届くものにはこれまでも無銘のものが無いわけではなかった。

銘よりも菓子そのものを大切にすることもまた、菓子屋の気風である。

そして、そのことと一人で店を営むTの主人の風貌とが重なり、何となくほほえましい気もした。

しかしながらやはり無銘菓というのはうれしくない。梅であるならば「寒紅梅」や「未開紅」といった季語にも繋がる美しい花の名を選ぶのが常であろう。

その朝の菓子も鮮やかな紅の上に白い粉が品よくふられており、その様はさしづめ「雪中梅」と呼ぶにふさわしかった。だからTの主人が何故この美しい菓子に銘を与えなかったのか……しばらくの間気になっていた。

自問自答した結論をここで述べてしまうならば、Tの主人は銘をつけることを見る人にゆだねたかった——ということであろうか……。

いずれにしても銘が無いことは、見る人に何の束縛もなく、むしろそのことで見る人の想像力や創造力を喚起させる状況が与えられた——といえよう。そう考えてみると、Tの主人の選択はなかなか意味深いことなのである。


命を吹き込む「見立て」

日本文化、とりわけ茶の湯の世界にとって、こうした想像力ほど大切なことはない。たとえば茶人は、茶碗の肌あいや釉薬の流れる具合を見てそれを何かにたとえたくなる。茶碗に限らず竹の切れ端にすぎない茶杓にも、その時々の心情を託したり何か特別な風景を思い浮かべるのである。

いわばこのたくましい想像力によって与えられる「命」こそが「見立て」と呼ばれることなのだ。

だから茶人たちは自然のひとかけらに自らの「命」を分け与える意味で「銘」を授け

るのである。そしてその「見立て」が共感を生み、また別の思いを導き出すことを期待するのだ。

このような想像力と、それが伴う共感力によってつくられる連想ゲームこそが日本的なカラクリの根幹なのである。

とはいえ、それは日本だけの特権でもなさそうだ。唐突なようだが、洋菓子の類にも「見立て」のような連想ゲームは存在する。古典的な菓子で言うならば、モンブランはその形からいってもあの有名な山を想起させるし、ミルフィーユもカタチと命名が幸せに出合った良き事例なのである。

レイズンウイッチ由来考

とりわけ種類の豊富な洋菓子の中にあって、味わいの良さ、命名の素晴らしさそして何がしかの想像力をかきたてる逸品がある。

それは「小川軒」の《レイズンウイッチ》である。

これはもう古典中の古典とも言うべきで、風格と存在感からすればまさに王様級だ。クッキーのような生地の中に何ともいえぬ味わいのレイズンがバタークリームに包まれているのだが、しつこさ――というものが感じられない。

おそらくは上質なものだけが持つべき力とそれを伝える職人たちの技と魂がそのグレードを維持させているのだろう。近頃は他社製品でも似たようなものがないわけではないが、およそライバルと言えるレベルには達していない。本物の前では所詮コピーはコピーでしかない――と言うべきであろう。

それ故また、レイズンウイッチのすごさは、この形態の菓子をレイズンウイッチと呼ばせてしまうところにある。つまりレイズンウイッチは菓子のジャンルであると同時に菓子の名前でもあるのだ。

さて、想像力をかきたてる――という点においてこの命名はまた、何やら不思議な魅力を放っている。レイズンは理解できるが……ウイッチとは果して何であろうか……。

もちろんてっとり早いイメージからいえば、サンドウイッチから転用したと考えるのが順当だ。けれども字は違っても魔力・魔女をあらわすウイッチを想起させるのは何故だろう。それはこの菓子がそれだけ何拍子も揃った素晴らしさを持っているためであろうか……。だから魔法にかけられた菓子……魅了するレイズンという表現も何だか捨て難いのである。

そして郷愁をそそるという点において加筆しておきたいことがある。それは、つい最近までこの菓子の製造者名が「巴里」という社名であったことだ。

「巴里」何という懐かしい響きをもった表記であろうか……。

決して古い人間ではないが、そこにはかつての日本の詩人や文化人が憧れの眼を持って眺めた遠い国のイメージがある。どうやらぼくはこの菓子がかつての巴里の町や巴里祭で食されていたかの印象を持ってしまっているに違いない。

さて……想像力をかきたてすぎるという意味において、小川軒は何とも罪つくりな名品を産み出してしまったものだ。

三月　左党に愛されてこそ

誰でも、忘れ難い言葉や文章というものをひとつやふたつ持っているに違いない。ぼくの中にも何故だか強烈な印象を残しているエッセイが実はある。それは作品社から出ている〝日本の名随筆〟というシリーズの中に収められている。

『茶』というタイトルがつけられた本は中里恒子氏が編集されたものだが、なるほど選ばれた約三十の作品はいずれも素晴らしい。「毎日の朝食をお抹茶にかえたのはいつからであったろう……」という文章ではじまる〝私の茶三昧〟という野上弥生子の作品がぼくには心地良いのである。

この中で氏の述べている〝風変わりなブレックファースト〟のくだりはおもしろいので、いささか長くなるが引用してみたい。

「おきて顔を洗う時には冷たい牛乳をまずコップ一杯飲む。それから書斎にはいって書くか読むかして、一時間か二時間ちかくもたってあたまが疲れて来た時がお抹茶の朝食になる。（中略）私は隅の小卓に盆をのせていつでも用意してある茶道具を机の上に移し、ほどよく暖めた茶碗で思いっきり大服にたてた茶をかならず二杯飲む。またいっしょにお菓子をたくさん食べるが、それにはちょっと贅沢をする。空也のものは絶やされない。重すぎるようかんよりカステーラでそれも店がきまっており最後にうす焼の塩せんべいをかりかり噛んでさっぱりした味を愉しむ。毎朝これら十分なヴィタミンCと甘味の摂取のせいかして、私はもう久しいあいだ間食を欲しいと思ったことがない」

長寿を誇ったこの作家とよもやともいえる不思議な朝食の取り合わせが何故だかおかしい。それだけでは印象に残らないが、実は理由ありで……朝から甘味をたっぷりととるあたりの特殊な共通点がぼくにはある。

風変わりな朝の食卓

朝から甘味をたっぷりととる——というとだいたいの方は「よくそんなことができますね」となかば呆れ顔で問い返されるのだが、事実であるからこちらは平然としたものである。元よりこの手の話は辛党や左党の方には通用はしまい。けれどもぼくの朝食はこの老作家よりもずっとずっと不思議であるかもしれない。通常食卓にあがるものといえば、カステラやケーキ、シロップがたっぷりかかったパンケーキあるいはクッキーなどで、決まった朝食というわけではないし、同時に抹茶はいただかない。

抹茶は毎朝家元に出仕してから朝の集まりでいただく——その時にまたその日のお菓子をいただく場合もあり、そういう点においては朝方の甘味はぼくにとってこれで充分なのである。ぼくにしたら過分な夕食やまして夜食の方がよっぽど身体に悪いと思える。だから夕食はだいたい腹八分目を旨とし夜食はよほどのことでない限りいただかないことにしている。

さて、不思議で風変わりな朝食のことを随分胸をはり正当化して話してきたが、このことが今回の主題ではない。今回とりあげたかったのは、この老作家が絶やされない――と書いた《空也もなか》のことについてなのである。作家が「空也」の何を絶やさずに愉しんでいたのかは書かれておらず、後は想像にまかされているのみだが、「空也」といえば、もう反射的に《もなか》というべきであろう。時々頂戴する「空也」の《もなか》を食べることは楽しみなひとときだ――ひさご形で皮は焦がした風味がして一度食べると忘れることができない。

なんでも、その昔交流のあった九代目団十郎が、ありあわせの最中を取りだし火鉢であぶったことからヒントを得た、としおりには書いてあるが、それを工夫して今の形にしたのであるから、初代はなかなかの研究家であったのであろう。また、名優とたたえられた団十郎が、「空也」の《もなか》の生みの親の如く存在しているのもまた愉快な話である。

控え目な甘さのバランス

ところでこのもなかというのはなかなか不思議な存在である。というのも、甘党のみならず、あまり甘味は好まない、という男性の方々にもなかなか好きは存在するからだ。

身近にも多くそんなことを見聞したが、顕著な例がうちの兄で、辛党、左党とは既に紹介済みなのだが、子供の頃より薯蕷饅頭ともなかは別格であった。もらいものをした時でももなかの時だけはいたく嬉しそうに、また愛しそうに扱っていたものだが……。さてその理由がどこらあたりにあったのかは、今だによくわからない。

「空也」と共に頂戴してうれしいのが、「うさぎや」のもの。焦がし皮の中にやわらかく蜜付けした大納言と漉しあんのバランスも絶妙である。

ただしこれらの和菓子をいただくとき難点がある——というのも本来ものづくりとはそうあるべきであろうが、日持ちがしない——ということだ。だから差し上げるときもいただく時もできるだけ少量が好ましい。

さて、左党も好む甘味という話を書いているうちにふとある和菓子のことも思い出した。それは「一元屋」の《きんつば》である。以前東京の道場が麹町にあった関係で手に入りやすかったが、今は市ヶ谷に引越したため、付近に住む人に頼んで買ってきてもらう。味の方は塩味のきいた薄い皮にこれまた甘さ控え目な小豆を包み込んでおり、実にさっぱりとした味わいといえよう。

目立たない店だが、なんでも売り切れてしまうほどの人気があるらしく、東京一という定評でもある。酒飲みのつくる和菓子はうまい――ということを書いたことがあるが、また左党に好まれ左党に太鼓判押される甘味はやはり本物であろう。だからいずれの品も安心してどなたにでも差し上げられるというものだ。本音を言えば甘党の推す甘味よりひょっとすると信頼はおけるかもしれない。

四月　手みやげに思いを託す

仕事柄というべきであろうか。人と出会う機会が極めて多い。それ故にお手みやげ、差し入れ等の品々に頭を悩ますこともままある。

とはいえ、そんな事はどうでも良いことだ――といわれる方もおられることだろう。けれども同じお金で遣い物に心を託すのであれば、やはり自信をもってお届けできるものを選びたいと思う。お手みやげひとつとはいえ、そこには自分のセンスやテイストがあらわれる、いわば自分の分身のようなものであるから、やはり適当では済まされない。

おいしいお手みやげ

ぼくの品選びのポイントは、気がきいて「おいしい！」ということだ。そして「おいしい！」という基準はもちろん自分自身の舌にあることは言うまでもない。と、ここまで書くと、ぼくの事を随分とこだわりをもったグルメに違いない！　と想像されることであろう……。

ところが実は、こだわり派でもグルメ派でもない。強いて言うならば、自分がうれしかった味を身近な人にも味わってもらいたい！　という少しワガママなサービス精神の持ち主というべきかもしれない。

冷静に我が身を振り返ってみると、こうした性格は天性であると同時に、ぼくの生まれ育った環境を抜きに語れないだろう。

銘菓を味わう絶好の環境

ぼくの生まれ育った家は誠に人の出入りの多い家である。出入りをされる方々は来客あり、お弟子さんありと様々だが、そのほとんどがお手みやげを持参される。それも家元に食べていただきたいという思いを重ねに重ねた吟味であろうから、おいしくない訳がない。お陰で居ながらにして全国の銘品銘菓を口にすることができた。そんな訳で少年時代には肥満通知をもらって来る程に成長を遂げたのである。

さすがにあきれたのか、母からは「これ以上太ったら両国ネ！」と冷やかされたこともしばしばであった。

誠に有難い境遇とはいえ、お手みやげや差し入れは、いただくばかりでは済まされない——というのもまた世の常というべきであろう。

だからよく祖母や母が先方の状況を考えながら「アレが良いか？　コレが良いか？」と品定めに頭を悩ませていた姿が記憶に残っている。おそらくそんな記憶が、「あげたがり」のぼくの性格をつくりあげたに違いない。

さて、そろそろそんな太っちょの少年が出会った最高のお手みやげについて書こうと思う。

宝石のようなケーキたち

そのお手みやげの存在は不惑を少し超えた今でも、ぼくの中にゆるぎなく君臨している。

「村上開新堂」のケーキは、いわゆるプチケーキといわれる分類に入るものであろう。

しかし申し訳ないが、そんじょそこらのプチケーキとは一緒にしてほしくない。なにせパッケージからしてモノが違う。

開新堂のパッケージは何のてらいもないが、独特の風格というべきものがある。古風でありながらモダンなテイストは店の名前と重なって、大正から昭和にかけてのハイカラな東京を想起させてくれるようだ。

はやる心を抑えながら丁寧な包装紙を解き、白い箱の蓋を開ける時が、又楽しみの瞬間なのである。宝石箱をのぞき見するように、そっと蓋を開けると、漂ってくる甘い香りに鼻が先ず喜びを覚える。

そして箱の中に潜んでいる可愛いお菓子たちと出会う時こそ、目に幸せがおとずれるのだ。箱の中には十二、三種類のお菓子が行儀よく並んでいる。その一つひとつは決してケレン味はないけれど、いずれも丁寧な仕事を施されていることがひと目でわかる。芸術品と呼ぶべきであろうか、すぐにそのお菓子たちに手をつけることをためらう程である。

けれども次の瞬間に生まれてくる「アレモ食ベタイ、コレモ食ベタイ……」という衝動は隠しきれない。少年の頃……そんな気持を察してくれた祖母や母が「好きなのだけおあがりなさい」と言ってくれた時のウレシサといったらなかった。今でこそ（太り過ぎに注意をしている為）ほんの一つか二つをつまむだけで我慢をしているのだが……。だから子供たちに「好きなだけおあがりよ」とすすめるのは今度はぼくの役目となってしまった。残念なことである。大人とは本当に淋しい存在なのだ。

重ねて残念なことに、永年に渡って家元に開新堂のケーキを届けつづけてくれた東京のKさんも今は亡く、開新堂のケーキをいただく機会はほとんどなくなってしまった。それでも、むしょうに食べたくなる時もありそんな時はこっそり注文をしてみる。

さすがに自分の欲求にまかせる——というのも気がひけるので、どなたかへ差し上げる口実を探している、というのが実態なのである。

さて、またそろそろ開新堂が恋しくなってきた。今度はどちらのお宅へお届けすることにしようか？

五月　小さい事にも意味がある

この間までの咲き誇っていた桜の花が忽然と姿を消すと、洛中に若葉の季節が到来する。そのうつろいがみごとであるだけに、また去り行くものへの哀惜もひとしお……である。

しかし若々しい力の萌芽は、いつも振り返る暇を与えない。五月！　何という心地よい響きであろうか！　光をひるがえしながら風とたわむれている新緑は、まだたよりないけれど、清々しい。そして日一日とたくましさを増し、青葉になってゆくほんのわずかな間は、眺めているだけで心が躍る。

いつもはのんびりとした姿の東山の稜線も、新緑の成長と共にモサモサとふくれあがり、少し背伸びをしたようにみえる。まるで散髪をしなければならない子供の頭のようでもあり、ほほえましい。

このころ先斗町には「鴨川をどり」の看板が掲げられ、花街は大いに活気づくのである。

けれど、活気づくのは花街だけではない。ネオンが灯る時間にもなると鴨川の河原にはカップルの姿が目立つ。夏場にかけては尚更で、何故か等距離に並び座る姿は都の新しい風物詩となっている。

踊りもさることながら、この時期はまた大切な祭の季節でもある。王朝絵巻とたとえられる葵祭や東京では三社祭・神田祭と続き……美しい季節はそれにもまして心いそがしい。

活気にあふれる季節

茶家にとってもいそがしさは同じことで、四月、五月には茶会や献茶式が増え、まさにシーズン開幕！　の感が強い。

ところで茶の世界では年間を二つのくくりに分けていることを御存知であろうか？ひとつは十一月よりはじまり四月いっぱいまでの〝炉〟。そしてもうひとつは、五月よりはじまり十月までの〝風炉〟である。

とりわけ五月は風炉のはじまりにあたり、それ故初風炉と呼ばれている。それは囲炉裏を囲むように暖をとり、楽しむことに別れを告げることでもあり、またあらたな装いで暑さを迎えることでもある。

清々しい初風炉の季節はまた端午の節句の飾りつけと共にはじまるが、ここに欠かせないもののひとつが「川端道喜」の《粽》といえよう。道喜については今更ここで述べはしないが、あの何ともいえぬ笹の香を楽しみながら味わう粽は道喜ならではのものがある。

けれども……道喜のものは高級であることが知られ、それ故お手みやげ等には向いている——とは言い難い。差し上げたい気もするが……高級がかえって先方に気を遣わす——という事もある。お手みやげの類はもう少し気を遣わさないものが良いかもしれない。

今月は様々な事柄が多く確かにお手みやげや差し入れをする機会が増えてきそうだ。もちろんここで述べることは特別な場合で、お茶の席における水屋見舞や、楽屋見舞といった状況を対象ととらえていることはお許しいただきたい。

五月のお手みやげ

この時期のお手みやげ、差し入れにはいささか心得たい事がある——まず皆さんで召し上がっていただくという機会が多い為、分けやすく食べやすいという事を念頭におきたい。また、どのタイミングで食べられるかについては想定できない、まして暑さも気になる頃だからしばらく置いても問題がないという点にも気を配りたい。

そうすると……パイのようなものは好ましい。ぼくのお気に入りは、京都であれば洛北高校の近くに店を構える「バイカル」のもので、とりわけ《ソワレ》と呼ばれるちいさな一口パイが味わい深い。これはいわゆる甘いパイではなく、オードヴル風に仕上げられているのが特徴だ。カレー風味やソーセージを巻き込んだもの等が数種類あり、いそがしい時の差し入れにはもってこいだ。ただし突然店頭に行っても常時販売しているものではなく、予約が必要となる。

これに匹敵するものとなると、東京ではおなじみの「ルポゼ」のものも有難い。この店はあれこれと手を広げず、業をパイとクッキーのみに絞り込んでいるところがウレシイ。パイの生地はバターの風味も良く、さくさくとした繊細な食感がたまらない。なんでも年間を通すと季節限定品も含めて、三十〜四十種のパイとクッキーがあるそうだが……その全貌を見たことはまだない。

ところで、これまで紹介をしてきたものを振り返ってみると……みんな小さいサイズのものばかりで……何かぼくの好みがすっかりあらわれてしまった様だ。

けれども小さいことを日本では〝縮み〟といって大切にしてきたのだから、これは日本人の好みである！　と居直ってしまうことにする。

とはいえ小さなことが理に叶っている——という話もある。皇室ではお客様のもてなしに〝小さなサイズ〟ということを大事にしているらしい。それは口に入れた時に邪魔にならず、また話しかけられた時もすぐに応対ができるから――なのだそうだ。ただ品が良い――というだけでなく、小さいということにもちゃんと意味がある。

そういえば枕草子にも「ちいさきものはいとうつくし」とあるが、果して清少納言はそんなことにも気づいていたのであろうか……。

六月　梅雨の季節のお手みやげ

俳句を楽しんでいる関係で季語辞典は、手離せないもののひとつだ。

僕が愛用しているのは稲畑汀子先生編による『ホトトギス季寄せ』である。携帯するのに便利なサイズというのが、うれしい。

六月――なんだか中途半端な印象の月だな……と思いながらこの季寄せを開いてみる。すると――「野山は緑におおわれ風物はことごとく夏の姿となる。早苗が植えられ、梅雨が来る」ときわめて簡潔な印象が述べられている。

とはいえ一般的な印象を思うとき、初夏の清々しさはもちろん五月にある。そのため六月は最後に書かれた梅雨に代表されており、同じ夏とはいえどうにも分が悪い。

だいたい梅雨——というだけで不快指数があがりウットウシイではないか……。近頃でこそ、海外からの影響でジュンブライド等と言われだしたものの——風土から来る印象だけはなかなかぬぐいがたい。

それに、今月はどうも愚痴っぽくていけない——よもやこれも梅雨空のせいではあるまいか——。

梅雨空に映える紫陽花の花

悪口三昧を言ったけれど実はぼくは六月の生まれだ。ほとんど好感度のない季節とはいえ——ひとつだけ良いこともあった。それは生まれた二十五日が天神さんの日という点にある。

梅花祭の行われる二月二十五日は菅原道真公の命日ということでよく知られているが、六月二十五日が道真公のお誕生日であることはあまり知られていない。

誠に有難く光栄なことなのだが、何せ道真公は学問の神様なのである。それゆえ、学生時代には信仰心厚き祖母からそのことを指摘され……そのたびにひやひやしたものだった。

さて、天神様といえば無条件に登場するものが梅であろう。けれど「東風吹かば――」の時期はすでに去り、「青梅のしり美しくそろひけり」と室生犀星が美しくたたえた時候となる。実梅は雨の多いこの時期にあって誠に清々しい。

実梅と同様にまた梅雨空の下でこそ生き生きと見えてくるものが紫陽花の花だ。晴れ間にはほとんど元気がないが、雨に洗われると淡い色合いが妖しく、微妙な表情を見せてくれる。

長広舌が過ぎたようだが――今月のお手みやげのテーマは梅と紫陽花ということにしよう。

それがどんなお手みやげに変身するのか？　いささか不審に思われることだろうが、ぼくのイメージをカタチにしてくれるものがちゃんと存在している。それは金平糖。

なんだ金平糖か！　と思われてはいけない――あの淡い色合いを皿の上にとりまぜてみると、雨に咲く紫陽花のようにもみえ心楽しい。

職人がつくる本物の金平糖

実は京都にただ一軒金平糖の専門店があるのを御存知だろうか？　ぼくがはじめてこの店を知ったのは今から十年以上前のこと。その頃はまだ今のように「緑寿庵清水」とは名乗らず黙々と下請けの仕事をこなしていたように思う。そして仕事場にはまだ先代の主人の姿もあった。この人はほっそりとした、いかにも職人風の風貌だったが、手鍋ひとつで金平糖をつくる——という技の伝承者とも聞こえていた。

近頃は若い後継者が育ち、さまざまな商品開発を手がけており、金平糖の種類もおどろくほど増えた。また、パッケージにも力を入れてきたため、かなりブランド力がついてきている。ここの金平糖はまさに本物中の本物で、イラ粉といわれるもち米を細かく砕いたものを核に使う。

そしてこの核を釜でまわしながら蜜をかけては乾燥を繰り返すのである。約二週間かけると美しい金平糖ができあがるのだが、誠に体力と根気のいる仕事といえよう。

こうして作られた「緑寿庵清水」の金平糖は歯ざわりといい色といい優しく——文句のつけようがない。一般的に売られている金平糖はだいたいこんなに手間ひまをかけてはいない……まして「緑寿庵清水」とは違う製法のところが多いようだ。

だから金平糖が、ガリガリとただ堅いものだと思っていたらそれは間違いで、堅すぎるものは、いわば氷砂糖と呼ぶべきである。

さて、この金平糖――後はどんな差し上げ方をすればよいのだろうか……。

この時期であるから、やはりすっきりさわやかなイメージが好ましい。通常なら振り出しに入れるのも良いが、ここは季節柄ガラスの器にでも入れてもらおうか――それともボンボニエールの様なものでも可愛らしい。ちょっとオシャレな雰囲気にしたいときは、そんな風に仕上げたい。あるいはさりげなく数種類の袋詰めを籠盛りにしてもらうのも良いかもしれない。

ものを差し上げるとき、こうしてアレコレと考えるのもまた楽しみのひとときなのである。

ところで、金平糖と紫陽花の関係はなんとなくわかったが、梅はどこへ行ったのだ――とそろそろ指摘を受けそうだ。梅は……ちゃんと味付けのひとつに使っているのでどうかご心配なく！

七月　思い出の夏の味

山開き、海開きのニュースが流れてくると、どうにも心が浮わついていけない。君は山派か海派か——と問われたら、ぼくは文句なく海派と答えよう。

海派とはいえ、今風の遊びは少し苦手で、ひたすら海が好きなだけなのである。そう……懐かしい響きで言えば海水浴という感覚がぴったりとくる。そして、子供の頃から、我が家で海水浴といえば、若狭高浜のことを言うのである。

高浜はひなびた町だ。

それでも繁華街らしきところがない訳ではなく、あやしげなスナックやストリップ小屋もあったように記憶する。鉄道も通ってはいたが、昔は単線で、およそ三時間程の道のりは充分に乗りごたえがあった。

この町はずれには実は小さな古い別荘があり、そこが我々の夏の拠点であった。

およそ十日間の長逗留とはいえ、子供たちは皆この不便な町が好きだった。そして決して飽きることのない夏の日を過ごしていたのである。

夏は子供の独壇場

畑に面した道にある大きなお地蔵さんを拝むことから、一日の日課ははじまる。

既に青い空には入道雲が力強く、炎帝は大いばりで君臨している。せみの声も騒々しい。朝御飯をすますと、涼しいうちにまず宿題をかたづけなければならない。そして宿題が終わると——次にお茶席の時間がはじまるのだった。これが終らないと海へ入ることは許されなかった。

昼ごはんは子供たちのリクエストでカレーライスやおにぎりのことが多く、なかでもほくほくの焼おにぎりの味は忘れ難い。

昼食が済むと、祖母の命により昼寝の時間がはじまるのだが、もったいなくて寝ていられない！　寝る振りをして、ひそひそゴロゴロしている内にお許しが出る。いっせいに飛び起きると後は……一目散に海に駆け降りるのみだ。

楽しい時間はまたたく間に過ぎ去る……。

陽はまだ高いけれど、およそ五時までには引き上げねばならない。塩と砂にまみれた身体を待っているのは、五右衛門風呂だった。日焼けした肌には湯が熱く、ワアワアと子供達はにぎやかなものである。

風呂あがりには、天瓜粉にまみれる。さらさらとした感触とほのかな香りがほてった身体に心地良い。

ふと気がつくと、近くの山からはかなかなの鳴き声が静かに迫っている。

床の間にある花も一日を経て元気がなく、ただ半夏生だけが何かあやしげでもあった。

夕餉に出る田舎のしょっぱい沢庵は苦手だったが、それでもひなにはひなの味わいがある。時折自分たちで釣り上げた魚に文句はなく、畑でとれたばかりのトマトやなすもうまかった。甘党のぼくとしては、この小さな町の小さな名物にも目がなく、わかめ味の羊羹やニッキ風味の源六餅も大いに楽しんだ。

けれども、一番好きだった夏の味覚は、残念ながら地元のものではなかった。それは時々母がつくってくれたゼリーなのである。

清涼感あふれる、みかんのゼリー

決して料理上手とはいえなかった母だけれども、ゼリーをねだると――うれしそうに「ヨシッ！」と腕まくりをして取り組んでくれた。

とはいえ、このゼリーは決して特別のものではない。市販のゼリーの素に、レモン汁を少々加える——というのが母のレシピであった。甘い中に少し酸味ただようこのゼリーは、ぼくにとって……懐かしい母の味なのである。だから、今でもゼリーは好物のひとつだ。

たとえばシンプルな味わいを楽しみたいのなら、やはり京都の「村上開新堂」のものを忘れてはならない。まず《好事福盧《こうずぶくろ》》という命名が素晴らしい。

子供の頃はただ、みかんゼリーと呼んでいたが、ある時名前があることを知り、いたく感激をした。紀州蜜柑を存分につかっていて、ほんのり甘くやわらかい感触は絶妙である。

味にうるさかった作家の池波正太郎氏も余程お気に召したとみえて、この《好事福盧》の事を『むかしの味』というエッセイの中でくわしく紹介されている。

さて、もうひとつ珠玉のゼリーを紹介しておきたい。

京都は上七軒という最も古い花街の中で菓匠を営んでいる「老松」のものである。《夏柑糖《なつかんとう》》と呼ばれているこのゼリーはその名の通り「夏みかん」を材料としている。それも萩で栽培した純粋夏みかんの大粒を選んでいるのだという。一つひとつ手作業で中身をくり抜き、絞った果汁に寒天を合わせる——というのが大きな特色である。

先に述べた《好事福盧》が冬の限定品であるのに対してこちらの方は初夏より夏みかんが尽きる九月頃までの限定品となる。

この大ぶりの夏柑糖をざっくりと半分に切るとみかん色の断面が美しい。スプーンを入れるとサクリと割れるような感触がいかにも寒天らしいのである。

ぼくは暑い夏の朝にこれを食べることを好む。冷ややかで、つるりとした喉ごしは――熱帯夜をすごした口に優しいからだ。だから、《夏柑糖》はギフトではなく、半年を無事に乗り切れたぼく自身のご褒美にしたい。

さて、今日も《夏柑糖》を二つ程買い求めに行こう。

八月　夏の日のささやかな楽しみ

ワールドカップの熱気が去ったとはいえ、暑い日が続いている。言うまでもなく、こんな時は何をするのもうざったい。働き蜂のおじさんたちも、さすがに喫茶店やビヤホールでのリフレッシュが必要のようだ。

それに比べ、若者たちは海へ山へ海外へといそがしい。世の中はまさに夏休みの真っ只中なのである。

季節の移ろいに心を躍らせるけれども暦の上から言えば、もはや秋、間もなく立秋を迎える。

秋立つや何におどろく陰陽師　与謝蕪村

ことさらに気配というものに敏感であった陰陽師が、おそらくは秋の気配におどろいたのであろうか……確かに季節のうつろいの中でも夏から秋へという変化には一入の感慨がある。八月を秋と呼ぶにはまだいささかの抵抗はあるものの、盆の頃に忍び寄る朝夕の気配には秋らしさを感じるから不思議だ。サトウハチローはそれを「ちいさい秋」と呼び、また藤原敏行は、

秋来ぬと目にはさやかに見えねども
風の音にぞおどろかれぬる　（古今和歌集）

と詠んだのである。

はからずも陰陽師も歌人も、ささやかな変化に驚きそれを見逃さなかった。何にもましてこのような自然と感応する力や感性をもつことは素晴らしい。

とはいえ文明化が進みすぎたせいであろうか——こうした情緒を育む環境が我々のまわりから消えていくことはなげかわしい。そしてまた、ハレとケという考え方も文明化が進む中で価値観が逆転してしまったようだ。

すでに我々の日常というケはあまりにも騒々しく、あまりにも多様になり、むしろハレ化してしまっている。それゆえ、我々はささやかな驚きというものをすっかり手放してしまったかのようにも思えるのだ。

そういえば、国木田独歩は『牛肉と馬鈴薯』の中で登場人物にこんな不思議なセリフを吐かせているのを想い出した。

ぼくの願いは大哲学者や大宗教家になることではない。理想社会の実現でもない——結局それは「びっくりしたい」という願いなんだ——と。

人間は段々驚かなくなる。もっともっと刺激が欲しくなる。けれども、西日が美しく空を染めていく——とか、端居をして風鈴の音が涼やかである——といったささやかなあたりまえに、今一度心をおどらせてもみたい。

食欲を喚起する素朴な一品

前置きが長くなりすぎた。ここは日本論をくどくど展開するページではないので、今月のおもたせに話を移すことにしよう。夏の日のささやかな楽しみのトップバッターは、京都は三条京阪から縄手を下がったところにある「かね庄」の《お茶漬け鰻》である。

ささやかな——とはいえここには驚きもちゃんとある。なにが驚きか——店で売っている商品は後にも先にもこれひとつなのだから——これは驚きでしょう！

店のたたずまいは、まさに京都の老舗というにふさわしく、また、パッケージ（うーん……パッケージと呼ぶべきか）も素朴で奇をてらってはいない。

品物の方も厳選した天然の鰻を白焼にし、みりんや醤油などで煮込んだままという素朴さなのである。もちろん甘辛い味付けには秘伝のレシピが隠されていることは言うまでもない。

食べるときはお好みの量を切りわけ、そしてご飯の上にのせ茶漬けにして食べるのみ。もちろんわさびや山椒を加えた方が味にアクセントが出る。食欲のない時や酒席の後に小腹が空いた時などにはもってこいだ。

さて、驚きの単品商売はまだ続く。

京都東山に店を構える「はれま」は《チリメン山椒》で名高い。

この《チリメン山椒》には防腐剤や着色料を一切使用しておらず、まさに手作りの逸品といえるかもしれない。

お茶漬け鰻と同様に好みの量をご飯にまぶし食べることをこよなく愛するファンも多い。

それだけではもの足りないなら、大葉をきざんだ上にこの《チリメン山椒》をたっぷりとふりかけると、より一層ご飯がすすむ——とアドヴァイスをくれた通もいるぐらいだ。もちろんそのまま酒のつまみにしても良い。

とはいえ、ちりめん山椒を売りにしている店は何も「はれま」だけではない。ためしに京都の街中を歩いてみられるとよい。ちりめん山椒を扱っている店の多いことに驚かれることであろう。

元来ちりめん山椒は、おばんざい——といわれる分類に入るものであった。それゆえ決しておおげさな商品ではなく各家庭が常備しておくべき日常のひと品なので、今でも料理上手が副業で商いを始めることもままある。だから味のバラエティも家の数だけある——といっても過言ではない。たかがちりめん山椒、されどちりめん山椒と呼ぶべきであろう。

何であれお手みやげの類はいつもおすすめのものが良いとは限らない。たとえば京都に来られる度に違ったちりめん山椒を選び、好みのものを見つけ出す——ということこそささやかなぜいたくであるかもしれない。

あなたの知らない驚きは、まだまだ京都に奥深く潜んでいるのだから……。

九月　想い出が詰まっている

九月といえば祖父母のことが思い出される。何故ならば九月七日はいみじくも二人の命日にあたるからだ。

そして今年の九月七日は祖母の二十三回忌であり、また、祖父の四十回目の忌日にもなる。

ここまで書いて気づかれる方もおられるだろうが……祖母は祖父の十七回忌を済ませた夜、忽然とこの世を去った。

生前より仲睦まじいと評判の二人であったが、こんな夫唱婦随にはあまりお目にかかることは無い。

祖父は口数の少ない、けれども温かい人格者であった。祖父健在の頃には内助に徹していた祖母は、祖父亡き後の生涯を実に活き活きと働き続けた。それはまるで悲しみをひと時でも忘れたい——と願っているかのようでもあった。けれどもまた、祖母は天性の社交家だった。この対照的な二人の絶妙なコンビネーションにより裏千家の礎は築かれていったのである。父も母もそうした二人に薫陶を受け、見事な二人三脚を歩んで来たが、先年母の他界により、また、ひとつの役割を終えた。

子供心のおもてなし

母は、父に仕えると共にとりわけ祖母に良く仕えた人であった。子供の目で眺めていてもできすぎた嫁という評価はゆるがない。

四六時中気を遣い文字通り祖母の手足となり……時にはその頭脳にまでなっていた。その一心同体ぶりは記憶の中に生き続けてはいるが、今一冊の本にその姿をとどめている。

『胸の小径』と題された小冊子は、祖母が語り母が口述筆記したものだが、実際は母が著し編集したものであった。本の表記を読まなければまさに祖母その人が自ら筆をとった如くであった。この本を読む限り祖母と母の間には何の隔たりもなく、母は祖母その人に成りきっていたのだ。

そんな母の唯一ともいえる楽しみは、読書をすることであった。作家であれば辻邦生氏のものが好みで晩年は司馬遼太郎氏のものもよく読んだ。だから、母の小さな書斎には、いつも何冊もの厚い本が几帳面に置かれていた。けれども読書の時間は少なく、それだけに一心不乱に読みふける姿は近づきがたく、別世界の聖域にいるようでもあった。

そんなある日、母が〝おやつ〟をつまみながら読書をしている姿を見かけた。子供というのは純粋で、本も好きだけれど、オヤツもそれ以上に好きなんだ……という事に気づいたのである。

そこで、あれこれとみつくろったお菓子を小さな缶に入れて母に届けたことがあった。その時の嬉しそうな顔は今も忘れない。以来、母の〝おやつ係〟は僕の大切な役割のひとつとなったのである。

けれども……子供の善意は長続きするものではない。忘れることもしばしばであった。そんな時でも母はあわてずさわがず「おやつが無くなっちゃった！」と僕に空缶をしずかに差し出すのであった……。

おやつの中身はシンプルなビスケットやクッキーであることが多かった。チーズ味のスティックも好みであったが、今となってはその銘柄もすっかり失念してしまった。孝行をしたい時には親はなし……のたとえではないが、今月のテーマは母に捧げるクッキーということにしたい。

素朴な味わいが本物の証

「ツッカベッカライカヤヌマ」のクッキーに出合ったのは三年程前のことで……母が亡くなる前後であった――と記憶する。

ここのクッキーは基本的に三種類。けれどもシナモン・チョコレート・バニラはどれをとっても甲乙つけ難いほどおいしい。

邪魔にならない味わい――と言うべきであろうか――そのため、いつもついつい食べ過ぎてしまう。その上、箱の中でくずれないようにと詰め込まれたクッキーの配置は芸術的ともいえる。包装紙や缶のデザインも実に品良く、上質の香りがそこはかとなく漂ってくる。

店のご主人は長年オーストリアで修業をつまれた方で、菓子職人の国家資格を持たれているそうだ。けれども、そうした自信が実にさりげなく表れているところが心地良い。

さりげなく――といえば麹町にある「ローザー洋菓子店」のものもおすすめだ。

ブルーの缶を開けてみると……説明は不要だ。ともかく何故だか懐かしい。そう……

そんなに上手にはできなかったけど……母といっしょにつくったクッキーのような風合がうれしいのだ。

素朴といえばこれほどまで素朴なクッキーはないだろう。けれども一度味わえば忘れられない味となる。創業当時からの味わいをしっかりと守り続けているため、親子代々のファンも多いと聞くが、それも充分にうなずける。

そう言えば……母もここのクッキーを食べていたような記憶がある……。そして少しドキドキしながらこのブルーの缶のなかからそっとクッキーをつまみ出していた僕の姿も……。

懐かしい味のクッキーは懐かしい想い出とどこかでつながっているらしい。母の命日には……やはりクッキーをお供えしたい。

十月　兄と弟　似て非なる存在

兄がひとりいる。

僕が弟で、つまるところ兄弟は二人なのである。いつも思うことなのだが……兄弟というのは不思議な存在だ。

本人の思惑とは別に他人様から見れば、雰囲気は何だかよく似ているらしい。同じ親から生まれたのだから当然とはいえ、実際は随分と違うところも多い。

その違いを一般的に言えばまず血液型であろう。兄はA型で僕はB型――A型は繊細で神経質といわれる通り、兄は神経質な方である。

今はわからないが、昔は寝るときにカーテンをきちっと締め、その上アイマスクをかけるという念の入れ方であった。当然のことながら物音や気配などにも敏感で、ささいな音にもよく反応し、目を覚ましていた。

それに比べてB型の僕の方はいったん寝たら起きない――ある時には近所で起こった火災にも気付かず朝まで眠り続けたことがあった。

兄はまた、きっちりした性格だから雑然としていることが気に入らない。書斎をのぞいてみると、仕事の書類から趣味のジャズ、写真、ドイツ文学や心理学にいたるまで実に整理整頓が行き届いていて驚かされる。

このあたりはまさに亡くなった母ゆずりであるのかもしれない。

物静かな酒のたしなみ

そしてもっとも対照的なところといえば、兄は上戸であり僕は下戸であるという点だろうか……。不思議なことに一族一党を見廻してみてもいわゆる下戸という人はみあたらない。なぜかしら……僕だけが唯一のハズレくじに当たってしまったようだ。

兄は酒を愛し、また酒と共にある時間を愛している。

その上、近頃は特に酒を楽しむ場所についても若い頃とは違うこだわりが見える。おねえちゃんのいるような店はダメで、静謐でひとりでもぶらりと入れる店を好む。

だから祇園にある「サンボア」や古風な「元禄」は兄の大切なとまり木となっている。

思いのほか宴会が早々と切り上がればしめたもので、それからが兄の最も心ときめかす時間となる。あてもなくふらりとネオンの街をさすらいながら自分の好みにあいそうな店を物色する。

けれども男の酒場を探す嗅覚にほとんど狂いはない。ひっそりとしたたたずまいやうすぐらい狭さはむしろ好都合で、マスターとの話が合えばそれはそれでまた好ましい。そして良い音楽にしばし身をゆだね、静かにグラスを傾ける。

下戸の身の上としては——こんな大人の世界にあこがれはあるものの……とうてい身体がもたない。うらやましい限りなのである。

おやつの好みも正反対

酒もさることながら、子どものころを思い出すとまた好対照が浮かび上がる。

僕は今もって甘党だが、ケーキにミルクというのが最も好ましいお三時であった。兄はといえば辛党で、せんべいやあられがあれば大満足。茶をすすりながら本を読み耽っていた。

そんな兄をみて「ずいぶんおじさんくさいなあ」とは思っていたが、結果、好みの差は体型にもあらわれ、僕は肥満児通知をもらうほどに成長し、兄はやせっぽちのままだった。

そんな兄のとりわけのお気に入りは、寺町二条にある「舩はし屋」の《浮きあられ》であったと記憶する。この《浮きあられ》はどういう製法でつくられているかは、定かではないが、味の方はシンプルなしょうゆ味である。

浮きとはよく言ったもので、重みというものが感じられない。ひと口で食べられる食感はさくさくと極めて軽く、まるで淡雪のようだ。

軽すぎるため、ついついいつも食べすぎてしまうのがタマニキズであろう。

僕たちはこの、風が吹けば飛んでいくほど軽いあられを〝ふわふわ〟と呼んでいた。今でもこの呼び名の方が、そのものを表しているような気がしてならない。

東京あたりのがっしりとした草加せんべいもうまいけれども、はかなげな風合はいかにも京都らしい。

兄が好きであったどうかは思い出せないが、これに類したせんべいに東京の「逸品会」という店の《羽衣》がある。

上品なしょうゆ味と軽さがふわふわとの共通点だが、ていねいにうすく仕上げられた姿は天女が身にまとう羽衣そのもので、まことに良い命名でもある。

うす味のしょうゆせんべいといえば、このほかにも実は自家製（?）のものもある。自家製とはいえ、昔からある近所の「たんきりや」という菓子屋に発注しているから純粋な自家製ではない。

これなどは正月の鏡餅をせんべいにしてもらうわけだが、うすやきのシンプルな味わいは、餅そのものの良さもあるからだろうか――全く飽きがこない。

複雑で凝ったお菓子の多い昨今だが、どうも近頃はこうしたシンプルな味わいに心ひかれる。人は結局慣れ親しんだ味に帰る――というけれど……。

けれども本当のところは少し年をとった――ということをそろそろ自覚すべきなのかもしれない。

十一月　素朴さが際立たす個性

十一月の声を聞く頃、茶家は炉開きの季節を迎える。

去りゆく秋にこと寄せながらしみじみと語りあった、あの風炉の名残りはもうきれいさっぱりと――どこにも見あたらない。

むしろ来たるべき冬への深い思い入れは去年今年のつらなりのようでもあり、それ故〝炉開き〟は茶人にとっての正月と呼ばれている。

けれども炉を開く楽しみが冬の醍醐味――というとやや専門的すぎるかもしれない。

むしろ一般的には「囲炉裏を囲む楽しみ」——と伝えた方が冬らしい。

火を囲み暖をとりながら飲食を共にする——という風景は、けれども近頃は珍しいものとなってしまった。とはいえ、なぜだかこうした状況設定は人をより親密にさせるようだ。

そして即物的な暖かさに加え、利休の教えのようにいかにも冬は暖かな心配りが加わればふれあいはより深いものとなる。茶庭にも敷松葉が施され、冬の日差しが落ちついてくる十一月十九日、千家では例年の如く三代目でわび茶を徹底した宗旦の遺徳を偲び月忌が営まれる。

現在今日庵には、この宗旦が手植えしたと伝えられるいちょうの木が家の守り神として、またシンボルとして堂々たる威容を保っている。

かつて近辺を火災が襲った時、突如このいちょうが水を吹いて火を防いだ——といわれるありがたいいちょうの木は、宗旦忌の頃にいつも見事に多くの実をつけるのである。そして宗旦忌に来られる多くの方々には、この銀杏の実で作った〝ぎんなんもち〟が必ずふるまわれる。

たしか富安風生の句であったろうか……「喜べばしきりに落つる木の実かな」のたと

えの如く、まさに例年のふるまいに——欠かすことのないこのいちょうの実りは、四百年にわたる宗旦の喜びであり、また宗旦の心入れであるのかもしれない。

飾らない〝禅味〟の菓子

炉の季節、茶味は日に日に深まっていくが、釜の煮える音に耳を傾けてみることも、またこの時期の楽しみのひとつである。

ひと口に釜の煮えといっても朝夕の寒さ、釜の形、炭の巧拙などによってその音色は高く低く、また太く細く微妙に異なってくるのである。

こうした釜の煮える音を茶人たちは松風と呼ぶが、大胆にもこれを菓名につけたシンプルでわびた菓子があることを御存知であろうか？

御存知ない方は日本風カステラのイメージをもってもらうとよい。味の中心は味噌で、だいたい白ごまか黒ごまがあしらわれ、そして大徳寺納豆で独特の風味をつける。

何のケレン味もないお菓子であるため、茶味というよりはむしろ〝禅味〟というべき菓子であるかもしれない。

ぼくはこの《味噌松風》というお菓子が、子供の頃より大好物であった。そしてとりわけのごひいきは「松屋常盤」のものである。

　ここの松風は、ほかの松風に比べてどこよりもむっちりとした食感が特色である。また少しこげた――風味の味噌もねちっとしており、味わいが深かった。松風本体ももちろんうまいのだが、ヘタといわれる――わずかにできる切り落とした端っぽにこそ味覚の王道がある。

作り手を映すクセモノ和菓子

　先代の松屋の主人はたいそう酒好きであったようだが、この松風に限らずどんな菓子を作らせてもまたみごとな腕前であった。どうやら酒飲みは思いのほか菓子作りもうまいようだ。

　その先代の主人はぼくが松風のヘタをとりわけ好んでいたことを知っていたらしい。気が向くと時折〝お子達用〟とそっ気ない字を書きつけた紙箱が届くのであった。その中にはなんともうれしい松風のヘタが詰まっていたものだった。

　残念なことに近頃は製造方法を合理的に変えたらしく、先代の頃のようなむっちり感も、松風のヘタもすっかりなくなってしまった。

松風はこの松屋以外にも、大徳寺の近くの「松屋藤兵衛」、本願寺の前にある「亀屋陸奥」などがあり、同じようではあるが、それこそ釜の煮え音のように微妙に味わいが違う。だから好みについては、自らの舌でお試しいただきたい。

けれどもまた、これらの松風とは違い少し特殊な松風が萩にある。

「今田清進堂」という店のものだが、ふんわりとした風合と隠し味的に利いている山椒の風味が絶妙で、地味ながら、ひなには稀な味わいといえるだろう。萩にありながら《大徳寺松風》を名乗っているのはいささか不思議だが、ともかく味に文句のつけようはない。近頃大好きな松風のひとつだが、なんでも、ここの親方は職人カタギのカタマリの人らしくいつも品物がちゃんと揃っているわけではないようだ。

困ったものだがそれを気まぐれと呼び捨ててしまうのは少しもったいない気がする。というのも数ある菓子の中で職人カタギ、あるいは気まぐれにつくる対象に松風ほどふさわしい菓子はないからだ。

平均的な味、合理的な味を求めた松風は、なにしろうまくない。松風に関していえば……ヘタの味わいにも力を入れるような気まぐれな天才職人が今後もあらわれてくることを祈るばかりだ。

十二月　一年で一番のお手みやげの季節

十二月、日本人が一年で一番多忙を極めるシーズンが到来した。何せ昔風に言えば師走というこの時期、世の中に超然としておられるべき師まで走り回るのだから多忙でない訳はない。

それにも増して十二月は日本という世相を鑑みるに最も適した季節であるといえそうだ。良く考えてほしい……十二月と聞いてどんなイメージが浮かびあがるかを……。

まずその一例としては世の中がクリスマス一色となるという点が上げられる。宗教的意識からいえば日本は文句なく神道そして仏教の国である。どう考えてもキリスト教徒が数パーセントしかいないこの国において何故かくも盛大にクリスマスが歓迎されるのであろうか……!?　これは永遠の謎といわねばなるまい。

けれども仏教を、宗教というより美や学びととらえたこの国のことであるから、クリスマスが宗教を超えギフト商戦に使われたとしても……それはそれで仕方のないことなのかもしれない。

そしてまた、このクリスマス商戦こそがいわゆる日本の伝統的習慣である歳暮の挨拶と重なっていることは不思議なことではある。けれどもこの商戦もしかし二十五日キリスト誕生の日をもって……終止符を打つ。

次の日からはがらりと変わり、なんと古来よりの神事——である正月儀礼……年末年始用品が短期間の本舞台を迎えるのである。とはいえこれらの迎春用品も既に十二月中には、年の市、羽子板市といったかたちであらわれている。

かくの如く……神も仏も西も東も混迷混在の中、忘年忘形の交も深めながら日本の最終月は過ぎゆくのである。なんとも賑やかで和やかな国の話ではあるまいか！

新作と定番、それぞれの魅力

さて、このお目出たい月にはやはり普段以上の交流も多くなる。それゆえちょっとした手みやげについてもこだわりたい季節なのである。

もらいものの多い季節だから足の早いものよりも日もちのことをまず念頭におくと、ぼくの選択は焼き菓子ということに絞り込まれる。なにしろ近頃の焼き菓子は結構レベルが高い上、おいしい。そして何よりバラエティに富んでいるのがうれしいじゃないですか……。

そうした条件を充分に揃えてくれている店に京都の「マールブランシュ」がある。もちろん生菓子もうまいけれども、ここの焼菓子は随分とぼくの舌と心に満ち足りた思いを与えてくれる。

とりわけぼくのお気に入りは《ティベール》《ビジュ・ド・ショコラ》そして《アップルパイ》の三点セットだ。

《ティベール》は「有機栽培」で作った宇治産の抹茶と丹波の黒豆を練り込んだもの。そして《ビジュ・ド・ショコラ》は、従来の大粒黒豆の入ったものにはミルクチョコレートをかぶせ、アプリコットにはビターチョコレートをかぶせるという……二種のコンビネーションに生まれ変わった。

そして《アップルパイ》は、なんでもないけれども飽きのこない味といえるかもしれない。

こうしたお気に入りに加え、時に近年人気の《メイプルシロップパイ》（リーフパイのようなもの）や《フィナンシェ》《マドレーヌ》《クッキー》といった定番を混ぜたりもする。このチョイス感覚もまた捨て難いのである。

ここのオーナーはK君といってぼくと同じ年で親友でもある……が……K君のご贔屓

が過ぎてもいけないので、お気に入りの第二弾もご紹介することにしよう。

誰もが楽しいお手みやげの王様

芦屋あるいは神戸、いや、あるいは関西を代表する菓子屋といえばやはり「アンリ・シャルパンティエ」を抜きには語れない。

もちろん何でも水準以上にこなしてくる力強さもあるし、またパッケージングの美しさは常に業界を牽引してきたといっても過言ではあるまい。

この店のお気に入りは、《プティ・ガトー・アソルティ》と呼ばれるやはり焼き菓子。その名の通り《フィナンシェ》《フィナンシェ（チョコ）》《マドレーヌ》《マドレーヌ（紅茶）》《マロン》《カフェ》《プラリネ》《ピラミッド》といったフランスの伝統菓子をほんのひと口サイズに焼き上げているのがうれしい。

もちろんひと口サイズの八個入りという最低サイズからあるが、二十四個入りあたりが邪魔にならなくてヨロシイ。

また、二十四個入りぐらいになると丸いオレンジ色の箱も可愛らしく、楽しみも倍増するかもしれない。

なにしろ小型の上に小袋の個分けというパッケージはなかなかありがたい。

子供が小さい頃には、よくおもたせの代表選手のようにこのギフトBOXが行き来していたことも……今となっては少し懐かしい光景ではある。

最近の子供は……遊びの質が変わったように、もう昔のようにケーキにもまんじゅうにもあまり興味がない。……あまりボリュームあるおやつは歓迎されていないようだから……こうした小さな焼き菓子は時代に適したおやつにもなり得るということだろう。

けれども環境や年齢にかかわらず、贈り選ぶときの楽しさ、もらっては何から手をつけようかと迷う楽しさ……。

双方に楽しさを持つ焼き菓子は……あるいはつぶしがきくという点においても、お手みやげの王様であるかもしれない。

あとがき

昨年の二月、夫、伊住宗晃の突然の旅立ちからもう一年。また、同じ季節がめぐって参りました。いるべき場所にいるべき人のいない不思議を感じ、未だ現実ではないような、そんな気持ちでいっぱいです。

この間に、多くの方々にお支え、また、お励ましいただきました。これも主人の残してくれました『徳』だと有難く受けとめております。

この度、主人があちこちに書かせていただいた文章を、一冊にまとめてはどうかというお話を頂戴いたしました。

原稿をまとめることは、主人が「過去の人」「思い出の人」になってしまうようで、正直なところ複雑な気持ちでした。

しかし、鵬雲斎大宗匠、坐忘斎御家元にご相談し、彼の「和の美」に対する考えや、「守・破・離」の心を、文章を通じて多くの方に広くお伝えできたら……と出版させていただくことになりました。

それぞれの文・言葉、また行間から、彼の感性、人となりを多少でも感じとっていただけたら幸いでございます。

この度の出版にあたりましては、長友啓典氏に本のデザインをお願いいたしました。彼をよく知っていただいています長友氏のおかげで、主人らしい雰囲気の本に出来上がりました。

日経ヘルス連載の折のカメラマン小林廉宜氏には、今回の本への転載をご快諾いただきました。

また、一々お名前は申し上げられませんが、連載時からご協力いただいた関係各位の方々にも深く御礼申し上げます。

最後に、原稿の編集にご協力いただいた大谷裕巳氏、三宅由利子さん、吉田理恵子さん、また、遅筆にも辛抱強くお付き合いいただいた淡交社編集局の堤勇二氏に深く感謝いたします。

二〇〇四年　冬に……

伊住弘美

●初出一覧

第一章　茶家からの贈り物
僕の身の回り――（茶美会ニューズレター・サルース・創庭・朝日21関西スクエア）
季節を感じよう――（茶美会ニューズレター・サルース・茶花づくし・貴布禰）
新しいお茶をどうぞ――（茶美会「然」展パンフレット・茶美会「然」新しい茶のかたち・茶美会「素」展パンフレット・数寄の都――京都未来空間美術館）

第二章　エンプティの時間――（日経ヘルス　1999年10月～2000年9月連載）

第三章　旬に想う　一語一会の世界――（淡交タイムス・裏千家グラフ）

第四章　これがお勧め！　一押しの本と味
読んでほしい　一押しの本――（茶美会ニューズレター）
これをあげたい　お勧めの味――（味の手帖　2002年4月～2003年3月連載）

●協力一覧―（順不同）東京急行電鉄株式会社・ミサワホーム総合研究所・朝日新聞大阪本社・株式会社講談社・貴船神社・日経BP社・株式会社味の手帖・社団法人茶道裏千家淡交会総本部・茶美会グループ

●写真協力―（敬称略）小林廉宜

エンプティの時間

2004年3月18日　初版発行

著　者　伊住政和
編　者　伊住弘美

発行人　納屋嘉人
発行所　株式会社　淡交社
本社　京都市北区堀川通鞍馬口上る
営業(075)432−5151
編集(075)432−5161
支社　東京都新宿区市谷柳町39−1
営業(03)5269−7941
編集(03)5269−1691
http://tankosha.topica.ne.jp/

印刷所　大日本印刷株式会社
製本所　株式会社 オービービー

ISBN4-473-03150-0